古典文獻研究輯刊

九 編

潘美月・杜潔祥 主編

第 13 冊

慧琳《一切經音義》引《說文》考（下）

陳 光 憲 著

國家圖書館出版品預行編目資料

慧琳《一切經音義》引《說文》考（下）／陳光憲著 -- 初版
-- 台北縣永和市：花木蘭文化出版社，2009〔民98〕
目 10+148 面；19×26 公分
（古典文獻研究輯刊 九編；第13冊）
ISBN：978-986-254-021-3（精裝）
1. 訓詁
802.17   98014519

ISBN - 978-986-2540-21-3

古典文獻研究輯刊
九 編 第十三冊   ISBN：978-986-254-021-3

慧琳《一切經音義》引《說文》考（下）

作　　者　陳光憲
主　　編　潘美月　杜潔祥
總 編 輯　杜潔祥
企劃出版　北京大學文化資源研究中心
出　　版　花木蘭文化出版社
發 行 所　花木蘭文化出版社
發 行 人　高小娟
聯絡地址　台北縣永和市中正路五九五號七樓之三
　　　　　電話：02-2923-1455／傳眞：02-2923-1452
網　　址　http://www.huamulan.tw 信箱 sut81518@ms59.hinet.net
印　　刷　普羅文化出版廣告事業
初　　版　2009 年 9 月
定　　價　九編 20 冊（精裝）新台幣 31,000 元

慧琳《一切經音義》引《說文》考（下）

陳光憲　著

目次

《一切經音義》引《說文》考　第八

人　部

保　卷三十二《彌勒下生成佛經》「保母」注引《說文》：「養也。從人，采省聲。」
　　卷三十九「保護」注引同。卷五十九引作「養也，亦守也。」
　　大徐本：「養也。從人，從采省。」
　　小徐本：「養也。從人，采省聲。」
　　案：《左傳‧莊六年》《正義》引作「從人，采省聲」，與小徐本並慧琳引同，可
　　證大徐本奪「聲」字。又慧琳引《詩》鄭箋：「保，守也」，玄應引「亦守也」，
　　係引用經義而誤爲許書。

僮　卷三十四《私阿昧經》「僮孺」注引《說文》：「從人，童聲。」
　　案：二徐本訓「未冠也」。慧琳未引訓義。

仁　卷二十七《妙法蓮花經》「仁往」注引《說文》：「從二，人聲。言行無二曰仁。」
　　大徐本：「親也。從人，從二。」
　　小徐本：「親也。從人，二聲。」
　　案：《校議議》云：「《中庸》：仁者，人也；義者，宜也；義當爲誼，皆以偏旁
　　同聲見義，疑此『二』下脫『人亦聲』。」許書從部首得聲者本有此例，二徐或
　　作會意或「從二聲」皆誤。「言行無二曰仁」未見他書，竊疑係慧琳所加釋語。

企　卷一百《肇論》「企懷」注引《說文》：「舉踵而望也。從人，止聲。」
　　二徐本：「舉踵也。從人，止聲。」
　　案：卷七十四慧琳引《通俗文》：「舉踵曰企，企亦望也。」是「企」本有「望」
　　義，今二徐本奪「而望」二字。

仞　卷二十《華嚴經》「七仞」注引《說文》：「仞，謂申臂一尋也。」卷七十八引《說

文》：「臂一尋也。從人，刃聲。」

二徐本：「伸臂一尋八尺。從人，刃聲。」

案：漢人伋字並訓七尺，《玉篇》伋引《書》：爲山九伋。孔安國曰：「八尺曰伋。」
鄭康成曰：「七尺曰伋」，孔說乃後出古文，不足據也。慧琳兩引皆無「八尺」
二字，是古本本無，非誤奪也。

侔 卷九十八《廣弘明集》「必侔」注引《說文》：「從人，弄聲。」

  二徐本：「具也。從人，弄聲。讀若汝南湴水。《虞書》曰：旁救侔功。」

  案：慧琳未引訓義。

倭 卷九十七《廣弘明集》「倭國」注引《說文》：「亦東海中國也。從人，委聲。」

  二徐本：「順皃。從人，委聲。《詩》曰：周道倭遲。」

  案：慧琳引《山海經》郭注：「倭國在帶方東大海內。」《漢書·地理志》：「樂
浪海中有倭人分百餘國在帶方東南大海中。」是倭爲國名早見經典，許著《說
文》當並敘列，何以僅載「倭遲」一義，若許書本無，慧琳但引《山海經》足
矣，可證「亦下」六字係傳寫奪失。

偫 卷五十四《佛說善生子經》「儲偫」注引《說文》：「具也。從人，待聲。」

  小徐本：「待也。從人，待聲。」

  大徐本作「從人，從待」。

  案：《文選》曹子建〈贈丁翼詩〉注引：「待也。一曰：具也」，可證二徐本奪失
「一曰具也」四字，又大徐本奪「聲」字。

儲 卷七十六《阿育王傳》「倉儲」注引《說文》：「偫也。」卷五十四「儲偫」注引
《說文》：「偫也，蓄也。從人，諸聲。」卷五十八引《說文》：「從人，諸聲。」

  二徐本：「偫也。從人，諸聲。」

  案：《文選》左思〈詠史詩〉注引《說文》：「儲蓄也。」可證今本奪失又一義。

備 卷二十九《金光明經》「備整」注引《說文》：「慎也。從人，葡聲。」卷六、卷
四十一引同。卷十二《大寶積經》「淳備」注引《說文》：「具也。」

  案：用部「葡，具也」，經典皆假「備」字爲之，慧琳卷十二引作「具也」，係
就經文通用字釋之，非古本有此一解。卷六、卷二十九、卷四十一皆引同今本。

侔 卷五十一《唯識二十論》「位侔」注引《說文》：「從人，车聲。」

  案：二徐本訓「齊等也」，慧琳未引訓義。慧琳注云：「小篆作侔。或從力作劺，
亦等也。」據此「劺」雖「侔」之重文，然詳文氣似非許書本有，因從「從人
车聲」上有《說文》二字可知。

佚 卷十九《寶女所問經》「佚佚」注引《說文》：「佚佚，往來行皃。」

二徐本：「行皃。從人，先聲。」

案：玄應《音義》卷七引《說文》：「侁侁，往來行皃。」與慧琳引同，可證古本如是，《楚辭》〈招魂〉注曰：「侁侁，往來聲也。」玄應卷七又引《說文》：「亦行聲也。」是古本有「一曰行聲也」五字。

仰　卷八《大般若經》「俛仰」注引《說文》：「舉首也。從人，卬聲。」卷二十八引同。

二徐本：「舉也。從人，從卬。」

案：《書》傳皆「俛」、「仰」並稱，「俛」爲低首，則「仰」爲舉首矣，玄應《音義》卷八亦引作「舉首也」，可證二徐本奪一「首」字。

僅　卷八十九《高僧傳》「僅能」注引《說文》：「財能也。從人，堇聲。」

大徐本：「材能也。從人，堇聲。」

小徐本：「才能也。從人，堇聲。」

案：小徐曰：「僅能如此，是財能如此。財、纔、才、裁，古皆借爲『始』字意。才，本始詞也。」此許書本作「財」，小徐易爲「才」之證。又許書水部「涗」下：「財溫水也」；雨部「霝」下：「小雨財零也」；叀部下屮財見也，是「僅」字下必作「財能」也，以許證許當無疑義。

儀　卷一《大唐三藏聖教序》「二儀」注引《說文》：「度也。從人，義聲也。」

大徐本：「度也。從人，義聲。」

小徐本：「度也。從人、義，義亦聲，威儀之形。」

案：《韻會》引《說文》無「威儀之形」四字，可證爲後人所加，小徐作「從人、義，義亦聲」亦顯係竄改，慧琳引同大徐本是其證也。

任　卷四《大般若經》「任持」注引《說文》：「保也。從人，壬聲。」卷五十引同。

案：慧琳引同小徐本，大徐誤作「符也」，義不可通，《玉篇》引作「保也」，可證古本如是。

伏　卷六《大般若經》「潛伏」注引《說文》：「伺也。犬伺人也，故從人、從犬。」卷三「柝伏」注引《說文》：「伺也。犬伺人便即伏。」同卷「潛伏」注引《說文》：「伺也，犬伺人則伏。」

大徐本：「伺也。從人，從犬。」

小徐本：「伺也。從人，犬伺人也。」

案：慧琳凡三引皆有「犬伺人」三字，小徐本亦有之，卷六所據本當爲許書古本。

傴　卷二《大般若經》「背傴」注引《說文》：「尫也。」卷十五、卷三十、卷三十二、卷四十一、卷七十三、卷九十五引同。

　　大徐本：「厪也。從人，婁聲，周公轍僂，或言背僂。」小徐作「厃也」。

　　案：慧琳屢引皆作「厪也」同大徐本，段注本從小徐本皆作「厃也」非是。

咎　卷四十六《大智度論》「無咎」注引《說文》：「災也。從人、從各，人各相違即成罪咎。」卷八十二引《說文》：「災也。從人、從各。人各者違也。」

　　大徐本：「災也。從人、從各。各者，相違。」

　　小徐本：「災也。從人，各聲。人各者相違。」

　　案：慧琳引與二徐本大致相合，「即成罪咎」四字二徐並無疑，係慧琳所屬入，「咎」字從人、從各，會意，小徐作「各聲」非是。

倦　卷九十六《弘明集》「俱倦」注引《說文》：「疲也。從人，卷聲。」卷八十九引同。卷八十《開元釋教錄》「不倦」注引《說文》：「勞也，罷也。從人，卷聲。」

　　二徐本：「罷也。從人，卷聲。」

　　案：「罷」同「疲」，小徐曰：「罷，疲字也。」慧琳引《聲類》云：「倦，猶疲也」，可證「疲」爲本訓之字，當時傳本有作「罷」者，故小徐作「罷」特加注語，《禮·少儀》：「師役曰能」注云：「罷之爲言勞也。」卷八十引有「勞也」一訓，竊疑係慧琳所綴加者。

併　卷八十八《釋法琳本傳》「併罷」注引《說文》：「從人，并聲。」

　　案：二徐本訓「並也」，慧琳未引訓義。

佩　卷三十六《金剛頂瑜伽大樂金剛薩埵念誦法》「佩眾」注引《說文》：「大帶曰佩。從人、從凡。佩必有巾，謂之飾。」卷八十三引《說文》：「大帶佩也。」

　　二徐本：「大帶佩也。從人，從凡，從巾。佩必有巾，巾謂之飾。」

　　案：慧琳卷三十六誤衍一「曰」字，兩引皆有奪文，應以二徐本爲是。

儒　卷二十《寶星經》「濡音」注引《說文》：「柔也。從人，需聲。」

　　二徐本：「柔也，術士之稱。從人，需聲。」

　　案：慧琳未引全文。

傑　卷九十二《高僧傳》「雄傑」注引《說文》：「從人，桀聲。」卷八十三引同。

　　案：二徐本訓「傲也」，慧琳未引訓義。

伋　卷八十六《辯正論》「緣伋」注引《說文》：「從人，及聲。」

　　案：二徐本訓「人名也」。慧琳未引訓義。

伉　卷六十八《大毗婆沙論》「伉敵」注引《說文》：「從人，亢聲。」

　　案：二徐本：「人名，從人，亢聲，《論語》有陳伉。」慧琳未引訓義。

倩　卷三十三《佛說乳光佛經》「倩鄉」注引《說文》：「從人，青聲。」

　　二徐本：「人字，從人，青聲，東齊壻謂之倩。」

案：慧琳未引訓義。

俟　卷一百《肇論序》「俟來」注引《說文》：「從人，矣聲。」
　　二徐本：「大也。從人，矣聲。《詩》曰：伾伾俟俟。」
　　案：慧琳未引訓義。

僚　卷八十三《玄奘傳》「群僚」注引《說文》：「從人，尞聲。」卷九十五同。
　　案：二徐本訓「好兒」。慧琳未引訓義。

俚　卷九十五《弘明集》「鄙俚」注引《說文》：「從人，里聲。」
　　案：二徐本訓「聊也」，慧琳未引訓義。

儼　卷三十九《不空羂索經》「儼然」注引《說文》：「好兒，從人，嚴聲。」
　　二徐本：「昂頭也。從人，嚴聲，一曰：好兒。」
　　案：慧琳未引全文僅引一曰之義。

儆　卷三十九《不空羂索經》「儆策」注引《說文》：「從人，敬聲。」
　　案：二徐本訓「戒也」，慧琳未引訓義。

儋　卷八十六《辯正論》「史儋」注引《說文》：「從人，詹聲。」
　　案：二徐本訓「何也」，慧琳未引訓義。

佗　卷三十三《無上依經》「委佗」注引《說文》：「從人，它聲。」
　　案：二徐本訓「負何也」，慧琳未引訓義。

偓　卷九十二《高僧傳》「偓齪」注引《說文》：「從人，屋聲。」卷八十三引同。
　　案：二徐本訓「偓，佺也」，慧琳未引訓義。

依　卷四十五《佛說菩薩內習六波羅經》「依著」注引《說文》：「從人，衣聲。」
　　案：二徐本訓「倚也」，慧琳未引訓義。

伶俜　卷六十二《根本毗奈耶雜事律》「伶俜」注：「《說文》二字並從人、令，甹皆聲。」
　　二徐本「伶」下：「弄也。從人，令聲，益州有建伶縣。」「俜」下：「使也。從人，甹聲。」
　　案：慧琳未引訓義。

儔　卷八十四《古今佛道論衡》「之儔」注引《說文》：「從人，壽聲。」
　　案：二徐本訓「翳也」。

佁　卷十七《如幻三昧經》「佁礙」注引《說文》：「從人，台聲。」
　　案：二徐本訓「癡兒」。

俄　卷三十二《彌勒下生成佛經》「俄誕」注引《說文》：「從人，我聲。」
　　案：二徐本：「行頃也。從人，我聲。《詩》曰：仄弁之俄。」慧琳未引訓義。

僥　卷八十七《十門辯惑論》「僥倖」注引《說文》：「從人，堯聲。」

案：二徐本：「南方有焦僥。人長三尺，短之極。從人，堯聲。」慧琳未引訓義。

侜儻　卷九十五《弘明集》「侜儻」注：「《說文》並從人、周，黨皆聲。」

大徐新附「侜」下：「侜儻，不羈也。從人，從周。未詳。」

大徐新附「儻」下：「侜儻也。從人，黨聲。」

案：大徐新附「侜」爲會意並云未詳，是不能定其音讀也。《廣雅》：「俶黨，卓異也。」是古止作「俶黨」，《史記》作「俶儻」，〈魯仲連傳〉：「奇偉俶儻。」，「侜」原讀與「俶」同，後譌變爲他歷切，大徐因不敢定周爲聲矣。

伺　卷六《大般若經》「尋伺」注引《說文》：「候也。從人，司聲。」

大徐新附：「候望也。從人，司聲。」

案：《說文》無「伺」字，卷一「伺求」注：「《說文》：從二犬從臣作獄。」是「伺」即「獄」其證一。又卷二十七「伺求」注云：「《說文》闕。」則知古本無「伺」字，其證二。大徐列於新附不竄入許書原文是其特識。

人　部（以下引同二徐本，存而不論）

俊　卷八十一《南海寄歸內法傳》「稱儁」注引《說文》：「才過千人曰俊。從人，夋聲。」

侅　卷九十七《廣弘明集》「信侅」注引《說文》：「奇侅非常也。從人，亥聲。」

傀　卷十七《如幻三昧經》「傀琦」注引《說文》：「偉也。從人，鬼聲。」

偉　卷六十二《根本毗奈耶雜事律》「儴偉」注引《說文》：「奇也。從人，韋聲。」

僑　卷三十九《不空羂索經》「僑履」注引《說文》：「高也。從人，喬聲。」

健　卷一《大般若經》「健行」注引《說文》：「伉也。從人，建聲。」

傲　卷七《大般若經》「侮傲」注引《說文》：「倨也。從人，敖聲。」

倗　卷七《大般若經》「倗侶」注引《說文》：「大皃。從人，朋聲。」

伴　卷七《大般若經》「伴侶」注引《說文》：「大皃。從人，半聲。」

傭　卷十四《大寶積經》「傭纖」注引《說文》：「均直也。從人，庸聲。」

倨　卷九十二《高僧傳》「倨傲」注引《說文》：「不遜也。從人，居聲。」

僾　卷九十六《弘明集》「僾然」注引《說文》：「仿佛也。從人，愛聲。」

侵　卷七十八《經律異相》「僾嬈」注引《說文》：「漸進也。從人手持帚，若掃之進。」

僖　卷二十七《妙法蓮花經》「嬉戲」注引《說文》：「樂也。」

倡　卷四十五《地持論》「倡伎」注引《說文》：「樂也。」

偽　卷六十三《根本律攝》「偽濫」注引《說文》：「詐也。從人，爲聲。」

僄　卷七十五《道地經》「僄樂」注引《說文》：「輕也。從人，票聲。」

俳　卷六十八《大毗婆沙論》「俳優」注引《說文》：「戲也。從人，非聲。」

傴　卷五十五《佛說五苦章句經》「傴僂」注引《說文》：「僂也。從人，區聲。」

俘　卷六十《根本毗奈耶律》「俘虜」注引《說文》：「軍所獲也。從人，孚聲。」

偶　卷十五《大寶積經》「匹偶」注引《說文》：「桐人也。從人，禺聲。」

僊　卷八十七《甄正論》「上僊」注引《說文》：「長生僊去。從人、從𢍺，省聲。」

匕　部

匕　卷五十九《四分律》「作匕」注引《說文》：「所以取飯也，一名四音也。」
　　二徐本：「相與比敘也。從反人，匕所以用比取飯。一名柶。」
　　案：慧琳未引全文，「一名柶」又誤作「一名四音也」。

匘　卷四《大般若經》「髓匘」注引《說文》：「從匕、從囟。從巛，巛象髮。匕者，相匕著也，𡿺聲。」卷十三「髓腦」注引作：「頭中髓也。象形。從匕作匘。」
　　卷二十八引作「頭中髓也。從匕，相匕著也。」
　　二徐本：「頭髓也。從匕。匕，相匕著也。巛象髮。囟象匘形。」
　　案：慧琳引與二徐本大同小異，惟作「𡿺聲」非是，許書無「𡿺」字。

比　部

比　卷六《大般若經》「比度」注引《說文》：「相與比敘也。從反從也。二人爲從，反從爲比，故云反從。」卷九十一引《說文》：「密也。」二徐本：「密也，二人爲從，反從爲比。」
　　案：二徐本「比」下無「相與比敘也」，此句二徐皆竄入「匕」下，考《韻會》以「相與周密也」五字爲許書本文，在小徐引《國語》句上。「周密」二字亦誤，蓋傳鈔者承上句「密也」而譌，古本當如《音義》作「密也，相與比敘也」。而「匕」字亦當訓作「所以取飯也」從反、人，一名柶。

似　部

眾　卷四十九《大莊嚴論》「閱眾」注引《說文》：「多也。從似、目，家意。」
　　案：引同大徐本。

聚　卷四《大般若經》「聚沫」注引《說文》：「會也。從似，取聲。」卷十六、卷四十九引同。
　　案：引同二徐本。

壬　部

徵　卷一《大唐三藏聖教序》「可徵」注引《說文》：「象也。案事有象可驗曰徵。從壬、從微省聲。」卷八引同。

卷三《大般若經》「推徵」注引《說文》：「凡士行於微而聞於朝庭即徵，故從壬、微省聲。」

大徐本：「召也。從微省，壬爲徵，行於微而文達者即徵之。」

小徐本：「召也。從壬微省，壬爲徵，於微而文達者即徵也。」

案：《韻會》引作：「召也」，從壬、微省。「壬」古「徵」字，行於徵而聞達者即徵也。「壬古徵字」非解說正文，故二徐本有「壬爲徵」三字而句不可讀，小徐本又奪「行」字尤不可讀。今以《韻會》訂之已可瞭然，惟與《音義》卷三所引相同，而與卷一、卷八所引則大異，不知此三卷究以何者爲原文，田潛曰：「卷一、卷八所引訓義渾揹，其字固不專主於徵士，以爲正訓當無疑義也。」茲錄此存疑。然卷三所引與二徐本及《韻會》所引大同小異，是唐本已有此訓解，竊以爲應以訂作「召也，凡士行於微而聞於朝庭即徵，從壬、從微省，壬古徵字」爲是。

衣　部

衣　卷三十三《無上依經》「衣飴」注引《說文》：「依也，上曰衣，下曰裳。從入，象覆二人形也。」

二徐本：「依也，上曰衣，下曰裳。象覆二人之形。」

案：二徐本奪「從入」二字，段氏云：「古文從二人也。」又云：「覆二人則貴賤皆覆，上下有服而覆同也。」字體下爲二人，上從入以覆之，正合象形，今本奪「從入」二字。

袞　卷九十二《高僧傳》「袞冕」注引《說文》：「龍衣也，繡下裳福，一龍蟠阿上嚮。從衣，公聲。」卷九十五「龍袞」注引《說文》：「天子享王先王，卷龍繡於下裳幅。一龍蟠阿。從衣，公聲。」卷九十八引《說文》：「從衣，公聲。」

大徐本：「天子享先王，卷龍繡於下幅，一龍蟠阿上鄉。從衣，公聲。」

小徐本：「天子享先王，卷龍於下裳幅，一龍蟠阿上卿。從衣，公聲。」

案：《音義》所引雖各有刪節，惟「龍衣也」句，及「幅」上之「裳」字，當是古本所有，宜據補。「嚮」字小徐本誤作「卿」字，並曲爲之說，妄甚。不知蟠阿者龍身曲也，上嚮者龍首上升也，《白虎通》引傳云：「天子升龍，諸侯降龍。」是也。

衿　卷四十七《中論序》「喉衿」注引《說文》：「從衣，金聲。」

　　案：二徐本訓「交衽也」，慧琳未引訓義。

襲　卷九十一《高僧傳》「內襲」注引《說文》：「左衽衣。」卷八十三引《說文》：「從衣，龍省聲。」

　　二徐本：「左衽袍，從衣，從䶢省聲。」

　　案：〈士喪禮〉：乃襲三稱注曰：「遷尸于襲上而衣之。凡衣死者，左衽不紐。」是以作「左衽衣」爲是。

袤　卷八十三《玄奘傳》「廣袤」注引《說文》：「南北曰袤，東西曰廣。從衣，矛聲。」卷八十一引同。

　　二徐本：「衣帶以上。從衣，矛聲。一曰：南北曰袤，東西曰廣。」

　　案：慧琳僅引「一曰」之義，未引本義。

袪　卷十《新譯仁王經》「永袪」注引《說文》：「從衣，去聲。」卷四十七、卷七十二、卷八十五、卷九十二、卷九十五引同。

　　大徐本：「衣袂也。從衣，去聲。一曰：袪，褱也。褱者，褰也。袪尺二寸。《春秋傳》曰：「披斬其袪。」小徐本兩「褱」字並譌作「裏」。

　　案：慧琳未引訓義。

袶　卷九十九《廣弘明集》「蔽袶」注引《說文》：「袥也，亦刺膝也。從衣，介亦聲。」

　　案：二徐本作「袥也。從衣，介聲」，竊疑「亦刺膝也」四字當係慧琳所綴加者。

袥　卷八十八《釋法琳本傳》「末袥」注引《說文》：「從衣，石聲。」

　　案：二徐本訓「衣袶」，慧琳未引訓義。

褰　卷五十四《佛說鴦掘摩經》「褰師」注引《說文》：「博裾。從衣，寀聲。」卷八十五引同。卷一、卷七十七、卷八十一、卷八十四、卷八十六引《說文》：「從衣，寀聲。」

　　大徐本：「衣博裾。從衣，寀省聲。」

　　小徐本：「博裾。從衣，寀聲。」

　　案：慧琳引同小徐本，大徐本作「寀省聲」蓋以意爲之，非古本如是。

裔　卷九十三《高僧傳》「南裔」注引《說文》：「衣裙也。從衣，從冏聲。」

　　大徐本：「衣裾也。從衣，冏聲。」

　　小徐本無「也」字。

　　案：二徐本「裙」誤作「裾」。裔，衣裙也，以子孫爲苗裔者，取下垂義也。玄應《音義》亦引作「衣裙也」，可證古本如是。

褊　卷九十《高僧傳》「量褊」注引《說文》：「小也。從衣，扁聲。」卷八十二、卷

九十四引同。

大徐本：「衣小也。從衣，扁聲。」

小徐本無「也」字。

案：《爾雅・釋言・釋文》云：「褊，小衣也。」是古本作「小衣」，不作「衣小」，以上文短衣、長衣例之，當作「小衣」，今本誤倒當據正，慧琳屢引皆作「小也」，蓋以訓曰「小」其義已明，故奪「衣」字。

衷　卷八十八《集沙門不拜俗議》「衷道」注引《說文》：「誠也。從衣，中聲。」

　　小徐本：「裏褻衣，從衣，中聲。《春秋傳》曰：衷其衵服。」

　　大徐本「曰」下有「皆」字。

　　案：「誠也」一訓二徐皆無，丁福保以爲係「一曰」以下之奪文，余以爲然。查本部「祖，事好也」；「裨，接也、益也」，皆不專屬於衣，是其例也。

裨　卷四十二《大佛頂經》「裨敗」注引《說文》：「接也，益也。從衣，卑聲。」卷三十二引《說文》：「益也。」

　　二徐本：「接益也。從衣，卑聲。」

　　案：會部曰：「朇，益也」，土部曰：「埤，益也」，皆字異而音義同，《文選・長笛賦注》引《說文》：「裨，益也，《玉篇》注：接也、益也。」蓋本《說文》，可證應分爲兩訓，二徐本「接」下奪一「也」字，遂合爲一訓矣。

褐　卷八十六《辯正論》「巾褐」注引《說文》：「麤衣也。從衣，曷聲。」卷九十一引《說文》：「從衣，曷聲。」

　　二徐本：「編枲韤。一曰：粗衣。從衣，曷聲。」

　　案：慧琳僅引一曰之義，未引「編枲韤」三字，小徐曰：「粗猶麤。」《文選・籍田賦注》引作「麤衣也」，慧琳所據古本正作「麤」。

祖　卷三十一《諸法無行經》「偏祖」注引《說文》：「從衣，且聲。」卷四十一引同。

　　案：二徐本：「衣縫解也。從衣，且聲。」慧琳未引訓義。

裂　卷十七《大乘顯識經》「爆裂」注引《說文》：「從衣，列聲。」

　　案：二徐本訓「繒餘也」，慧琳未引訓義。

補　卷九十三《高僧傳》「補綻」注引《說文》：「從衣，甫聲。」

　　案：二徐本訓「完衣也」，慧琳未引訓義。

卒　卷五十二《中阿含經》「有卒」注引《說文》：「隸人給事者曰卒，古以染衣題識表其形也。」

　　二徐本：「隸人給事者衣爲卒。卒，衣有題識者。」

　　案：《韻會》引小徐本：「隸人給事者，古以染衣題識，故從衣、十。」《玉篇》

引《說文》「者」下亦無「衣」字，可證今本確爲衍文。「古以染衣題識」句，慧琳引與小徐本同，可證今本奪誤甚多。

製　卷六《大般若經》「製造」注引《說文》：「裁衣也。從衣，制聲。」

二徐本：「裁也。從衣，制聲。」

案：《韻會》引小徐本：「裁衣也。從衣，制聲。」與慧琳所引全合，可證今本奪失。

襁褓　卷九十七《廣弘明集》「襁褓」注引《說文》：「襁，負兒衣也；褓，小兒被也。並從衣，強保皆聲。集從系作繦緥，非也。」

二徐本有「襁」無「褓」。襁：「負兒衣。從衣，強聲。」系部「繦」：「紲類也。」「緥」：「小兒衣也。」

案：「緥」字下大徐曰：「今俗作褓，非是。」慧琳云：「集從系作繦緥，非也。」卷十四又引《蒼頡篇》：「褓福也。」《聲類》：「小兒被也。或作緥。」是慧琳以「褓」爲正體，以「緥」爲或體：今系部有緥，衣部無褓，《詩・斯干》毛傳：「裼，褓也。」是經典確有「褓」字，不得意爲俗字。

衣　部（以下引同二徐本，存而不論）

裘　卷五十一《成唯識論》「悍表」注引《說文》：「上衣也。從衣，從毛。古者衣裘，以毛爲表。」

襜　卷八十七《崇正論》「二襜」注引《說文》：「衣蔽前也。從衣，詹聲。」

複　卷六十二《根本毗奈耶雜事律》「有複」注引《說文》：「重衣也。從衣，复聲。」

褺　卷六十二《根本毗奈耶雜事律》「襞褺」注引《說文》：「重衣也。從衣，執聲。」

襞　卷六十二《根本毗奈耶雜事律》「襞褺」注引《說文》：「韏衣也。從衣，辟聲。」

襦　卷九十《高僧傳》「麻襦」注引《說文》：「短衣也。從衣，需聲。」

袷　卷八十九《高僧傳》「衣袷」注引《說文》：「衣無絮也。從衣，合聲。」

襌　卷三十一《大灌頂經》「襌衣」注引《說文》：「衣不重也。從衣，單聲。」

被　卷八《大般若經》「被帶」注引《說文》：「寢衣也，長一身有半。從衣，皮聲。」

褫　卷九十一《高僧傳》「牘褫」注引《說文》：「奪衣也。從衣，虒聲。」

裸　卷八十《開元釋教錄》「牽裸」注引《說文》：「袒也。從衣，果聲。」

裝　卷九十二《高僧傳》「甑裝」注引《說文》：「裹也。從衣，壯聲。」

裹　卷六十二《根本毗奈耶雜事律》「裹體」注引《說文》：「纏也。從衣，果聲。」

老　部（以下皆引同二徐本，存而不論）

耋　卷九十六《弘明集》「耄耋」注引《說文》：「年八十也。」

耄　卷九十六《弘明集》「耄耋」注引《說文》：「年九十也。從老，蒿省聲。」

耆　卷八十二《大唐西域記》「耆艾」注引《說文》：「老也。從老省，旨聲。」

毛　部

氈　卷一百《法顯傳》「氈褐」注引《說文》：「從毛，亶聲。」

　　案：二徐本訓「撚毛也」，慧琳未引訓義。

毳　部（毳字引同二徐本，存而不論）

毳　卷九十六《弘明集》「堅毳」注引《說文》：「獸細毛也。從三毛。」

尸　部

尻　卷五十九《四分律》「尻不」注引《說文》：「脽也。」卷五十四，卷七十九引《說
　　文》：「從尸，九聲。」

　　二徐本：「𦝫也。從尸，九聲。」

　　案：肉部：「脽，尻也」，是二字互訓。今本作「𦝫」，蓋涉下重文而譌。

屈　卷四十九《攝大乘論序》「方屈」注引《說文》：「極也。從尸出聲。」

　　二徐本：「行不便也。一曰：極也。從尸，出聲。」

　　案：慧琳僅引一曰之義，未引全文。

屠　卷二《大般若經》「屠膾」注引《說文》：「刳也。分割牲肉曰屠。」

　　卷二十七引《說文》：「刳分割牲肉。」希麟《續音義》卷四引《說文》：「刳，
　　分割牲肉也。」（卷二十七續卷四刳下奪也字）。

　　二徐本：「刳也。從尸，者聲。」

　　案：據慧琳、希麟所引知古本有二義，二徐本奪第二義。

屨　卷四十《大力金剛求成就經》「木屨」注引《說文》：「履中薦也。」卷五十九引
　　《說文》：「履也，薦也。」

　　二徐本：「履中薦也。從尸，婁聲。」

　　案：卷四十引同二徐本，卷五十九「也」字自是「中」字之誤。

屋　卷二十五《大般涅槃經》「屋舍室宅」注引《說文》：「居也。」

　　二徐本：「居也。從尸。尸，所主也。一曰：尸象屋形。從至。至，所至止。室、
　　屋皆從至。」

　　案：慧琳未引全文。

尸　部（以下引同二徐本，存而不論）

層　卷四十七《大乘阿毗達磨集》「層級」注引《說文》：「重屋也。從尸，曾聲。」

屏　卷二十九《金光明經》「屏除」注引《說文》：「屏蔽也。從尸，并聲。」

尺　部（屬字引同二徐本，存而不論）

屬　卷六《大般若經》「若屬」注引《說文》：「連也。從尾，蜀聲。」

履　部

屨　卷九十七《廣弘明集》「草屨」注引《說文》：「從履省，婁聲。」

二徐本：「履也。從履省，婁聲。一曰：韉也。」

案：慧琳未引訓義。

屩　卷三十五《一字頂輪王經》「鞵屩」注引《說文》：「履也。從履省，喬聲。」卷九十一引同。

小徐本：「履也。從履省，喬聲。」大徐訓「屐也。」

案：《釋名》云：「屐，搘也。爲兩足搘以踐泥也。」又云：「屩不可踐泥也。」此屩、屐之分，故「屩」、「屐」二字非互訓字。段氏從小徐本，今據慧琳所引更得其證。

履　部（履、屐引同二徐本，存而不論）

履　卷二十九《金光明經》「履踐」注引《說文》：「足所依也。從尸，從彳，從夂，舟象履。」

屐　卷六十四《優波離問佛經》「著屐」注引《說文》：「屬也。從履省，支聲。」

舟　部

艫　卷九十九《廣弘明集》「舳艫」注引《說文》：「船頭也。從舟，盧聲。」

二徐本：「舳艫也。一曰：船頭。從舟，盧聲。」

案：慧琳未引全文，僅引一曰之義。

服　卷四十六《大智度論》「服御」注引《說文》：「用也。」

二徐本：「用也。一曰：車右騑，所以舟旋。從舟，𠬝聲。」

案：慧琳未引全文。

舸　卷九十四《高僧傳》「泛舸」注引《說文》：「船也。從舟，從可。」

大徐新附：「舟也。從舟，可聲。」

案：慧琳先引《方言》：「舸，船名也。」次引《說文》：「亦船也」，可證古有此字。

先　部

先　卷八十九《高僧傳》「投簪」注引《說文》：「首笄也，象形。」

二徐本：「首笄也。從儿，匚象簪形。」

案：引與二徐本合。

兒　部（兒字引同二徐本，存而不論）

兒　卷七《大般若經》「形兒」注引《說文》：「頌儀也。從人。白象人面。」

先　部（先字引同二徐本，存而不論）

先　卷八《大般若經》「先析」注引《說文》：「前進也。從儿，從之。」

禿　部

穨　卷六十《根本毗奈耶律》「傾穨」注引《說文》：「禿皃也。從禿，從隤省聲。」

案：二徐本皆作「貴聲」，應從之。

見　部

覘　卷八十四《古今譯經圖記》「覘見」注引《說文》：「候也。從見，占聲。」卷六十一、九十二、九十七引《說文》：「從見，占聲。」卷九十六《弘明集》「望覘」注引《說文》：「闚也，視也。從見，占聲。」

大徐本：「窺也。從見，占聲。《春秋傳》曰：公使覘之信。」

小徐本：「窺視，從見，占聲。《春秋傳》曰：公使覘之信。」

案：慧琳卷九十二先引《左傳》杜注云：「伺候也。」次引《說文》：「從見，占聲；卷八十四先引《左傳》杜注云：「覘伺也」，次引《說文》：「候也。從見占聲」，可知卷八十四引作「候也」，係涉杜注《左傳》而誤作《說文》者。卷九十六引與小徐本合，惟慧琳「闚」下誤衍一「也」字，小徐本「視」下奪一「也」字。

覬　卷九十七《廣弘明集》「覬欲」注引《說文》：「望也。從見，豈聲。」

二徐本：「㰹㡿也。從見，豈聲。」

案：李善引賈逵《國語》注曰：「覬，望也」，可證「覬」有「望也」一訓。

覿　卷八十八《集沙門不拜俗議》「覿天」注引《說文》：「從見，賣聲。」

大徐新附：「見也。從見，賣聲。」

案：慧琳先引《公羊傳》何注：「覿，見也。」正與大徐所據同。

見　部（以下引同二徐本，存而不論）

覿　卷八十《大唐內典錄》「覿縷」注引《說文》：「好視也。」卷八十三、卷九十二、卷九十七、卷九十八引《說文》：「從見，霤聲。」

覺　卷七十八《經律異相》「驚覺」注引《說文》：「寤也。從見，學省聲。」

親　卷四十六《大智度論》「親親」注引《說文》：「至也。」

靚　卷九十二《高僧傳》「復靚」注引《說文》：「召也。從見，青聲。」

欠　部

欠　卷三十五《一字奇特佛頂經》「欠欤」注引《說文》：「气悟。」

二徐本：「張口气悟也。象气從人上出之形。」

案：慧琳節引《說文》未引全文。

歔欷　卷八十一三《寶感通錄》「歔欷」注引《說文》：「出气也。二字並從欠，虛希皆聲。」

二徐本「歔」下：「欷也。從欠，虛聲。一曰：出气也。」「欷」下：「歔也。從欠，希聲。」（大徐作「稀省聲」）。

案：二徐本「歔」、「欷」互訓，慧琳引《說文》：「出气也」，與二徐訓合。

欨　卷八十六《辯正論》「吹欨」注引《說文》：「從欠，句聲。」

案：二徐訓「吹也。一曰：笑意」，慧琳未引訓義。

歉　卷九十七《廣弘明集》「歉腹」注引《說文》：「不飽也。從欠，兼聲。」

二徐本：「歉食不滿。從欠，兼聲。」

案：《唐寫本玉篇》注引《說文》：「食不飽也。」《音義》引作「不飽」，蓋奪「食」字，可證古本如是。今本衍「歉」字，「飽」又誤作「滿」。

欬　卷三十五《一字奇特佛頂經》「欬嗽」注引《說文》：「气逆也。」卷十四、卷三十七引同。

二徐本：「逆气也。從欠，亥聲。」

案：《周禮》：「疾醫多時有。嗽，上气疾。」注曰：「嗽，欬也。上气逆喘也。」可證慧琳所引作「气逆也」是。

歃　卷八十五《辯正論》「歃白馬」注引《說文》：「從欠，臿聲。」

二徐本：「歠也。從欠，臿聲。」

案：慧琳未引訓義。

欠　部（以下引同二徐本，存而不論）

㰣　卷二十八《無量義經》「㰣然」注引《說文》：「有所吹起也。從欠，炎聲。」

歐　卷六十六《阿毗達磨法蘊足論》「歐逆」注引《說文》：「吐也。從欠，區聲。」

歔　卷七十七《釋迦譜序》「歔然」注引《說文》：「悲意也。從欠，啬聲。」

欶　卷三十八《藥嚕拏王咒法經》「欶毒」注引《說文》：「吮也。從欠，束聲。」

欱　卷四十八《大菩薩曼荼羅經》「吸欱」注引《說文》：「歠也。從欠，合聲。」

歙　卷六十三《百一羯磨》「歙煙」注引《說文》：「縮鼻也。從欠，翕聲。」

歙　部

歠　卷七十四《僧伽羅刹集》「歠此味」注引說：「歙也。從欠，叕聲。」

案：引同二徐本。

歠　卷五十八《十誦律》「歠粥」注引《說文》：「歙也，歠也。」

二徐本：「歙也，歙省，叕聲。」

案：丁福保云：「『歠也』二字古本『一曰』之奪文。」此言洵然。

次　部

次　卷三十六《蘇婆呼經》「次唾」注引《說文》：「口液也。從水，欠聲。」

卷三十八、卷六十八、卷八十一、卷八十五引同。

二徐本：「慕欲口液。從欠，從水。」

案：《唐寫本玉篇》引《說文》：「慕也，欲也，亦口依（「依」當係「液」之誤）」，與二徐本合，是慧琳屢引皆奪「慕欲」二字，當從二徐本為是。

盜　卷八十五《辯正論》「盜跖」注引《說文》：「私利財物也。」

二徐本：「私利物也。從次，次欲皿者。」

案：慧琳誤衍一「財」字。

《一切經音義》引《說文》考　第九

頁　部

頞　卷七十五《佛說內身觀章句經》「頞頔」注引《說文》：「鼻莖也。從頁，安聲。」
　　卷九十七、卷九十九引同。卷十五引作「鼻莖皺也」。
　　案：慧琳卷七十五、卷九十七、卷九十九引同二徐本，慧琳又引《蒼頡篇》云：
　　「頞，鼻上騫也。」上騫即所謂皺也，卷十五引有「皺」字，或係箋釋所加，
　　刊時誤入正文也。

煩　卷九十六《弘明集》「煩首」注引《說文》：「項枕也。從頁，尤聲。」
　　案：慧琳引同大徐本。鈕樹玉《說文校錄》云：「宋本及《五音韻譜》、《繫傳》、
　　《集韻》、《類篇》引並作「項枕也」，顧云汪刻《繫傳》改「枕」作「煩」，《玉
　　篇》恐亦後人轉改，古書日為人所亂，至於無從取證，可勝一歎。」可證許書
　　原作「項枕也」。

頒　卷四十一《六波羅蜜多經》「頒告」注引《說文》：「大頭也，鬢也。」卷九十一
　　《高僧傳》「已頒」注引《說文》：「分也。從頁，分聲。」
　　二徐本：「大頭也。從頁，分聲。一曰：鬢也。《詩》曰：有頒其首。」
　　案：慧琳卷四十一引與二徐本合，慧琳又引《禮記》鄭注云：「分布也。」卷九
　　十一引作「分也」，蓋涉《禮記》鄭注而誤。

頵　卷七十八《經律異相》「頵頵」注引《說文》：「大頭兒也。從頁，禹聲。」
　　二徐本：「大頭也。從頁，禹聲。《詩》曰：其大有頵。」
　　案：《詩‧小雅‧六月》：「其大有頵。」《傳》曰：「頵，大皃。」竊疑卷七十八
　　引有「兒」字，蓋涉《詩傳》而衍。

顙　卷八十三《玄奘傳》「稽顙」注引《說文》：「從頁，桑聲。」

—185—

案：二徐本訓「頜也」，慧琳未引訓義。

頯　卷三十三《無上依經》「無頯」注引《說文》：「從頁，亥聲。」

案：二徐本訓「醜也」，慧琳未引訓義。

頓　卷一《大般若經》「疲頓」注引《說文》：「下首也。從頁，屯聲。」卷二十引同，卷十八《十輪經》「頓弊」注引《說文》：「下首至地也。」

案：慧琳卷一、卷二十引同二徐本，卷十八引有「至地」二字，蓋涉《周禮》鄭注而誤，《周禮・大祝》鄭注：「頓首，拜頭至地也。」

頫　卷十九《無盡意經》「頫面」注引《說文》：「傾頭也。」卷五十四引同。

二徐本：「傾首也。從頁，卑聲。」

案：頭，首也。「傾首也」、「傾頭也」訓義無殊。

項　卷三十九《不空羂索神咒心經》「胭項」注引《說文》：「頸後也。從頁，工聲。」

二徐本：「頭後也。從頁，工聲。」

案：《玉篇》云：「項，頸後也。」李善注《文選・洛神賦》引《說文》：「項，頸也。」顏注《急就篇》：「項，爲頸後頭下也。」《說文句讀》即依《玉篇》、《文選注》訂正爲「頸後也」，今得慧琳所引又得一證矣。

頁　部（以下引同二徐本，存而不論）

頟　卷八十三《玄奘傳》「裏頟」注引《說文》：「顙也。從頁，各聲。」

頸　卷十五《大寶積經》「頸項」注引《說文》：「頭莖也。從頁，巠聲。」

頑　卷二《大般若經》「頑嚚」注引《說文》：「梱頭也。從頁，元聲。」

頡　卷九十六《弘明集》「頡頏」注引《說文》：「直項也。從頁，吉聲。」

顗　卷一百《止觀門論》「智顗」注引《說文》：「謹莊皃也。從頁，豈聲。」

面　部

靦　卷八十八《集沙門不拜俗議》「靦顏」注引《說文》：「面見皃。從面，見聲。」同卷《釋法琳本傳》「靦容」注引《說文》：「從面，見聲。」

二徐本：「面見也。從面、見，見亦聲。」

案：段氏據《毛傳正義》作「面見人也」，又引韋注《國語》曰：「靦，面目之皃也。」王念孫曰：「靦，人面皃也。」《爾雅》曰：「靦，姡也。」舍人注曰：「靦，面皃也。」皆有「皃」字，今得慧琳所引，古本當作「面見皃」爲是。

県　部

県　卷六十九《大毗婆沙論》「県首」注引《說文》：「倒首也。賈侍中說：此斷其首倒懸即県字也。」

案：引與二徐本合，惟二徐本無「其」、「即」、「也」三字。

彡　部

彡　卷三十一《新翻密嚴經》「鬒髮」注引《說文》：「稠髮也。《詩》云：彡髮如雲。從彡，人聲。」

案：引與小徐本同，大徐作「從彡，從人」，改為會意，非是。

彫　卷二十四《方廣大莊嚴經》「彫鏤」注引《說文》：「彫，琢以成文也。從彡，周聲。」卷三十二引同。

大徐本「琢文也。從彡，周聲。」

小徐本：「琢文也。從彡，周聲。」

案：慧琳所引語氣較完，當從之，小徐「琢」當為「琢」之譌。

彭　卷七十四《賢愚經》「彰然」注引《說文》：「清飾也。」

大徐本：「清飾也。從彡，青聲。」

小徐本：「飾也。從彡，青聲。」

案：慧琳引同大徐本，小徐本奪一「清」字宜補。

髟　部

鬢　卷七十五《道地經》「猌鬢」注引《說文》：「頰耳間髮也。從髮，賓聲。」

二徐本：「頰髮也。從髟，賓聲。」

案：頰，面旁也。鬢，適當耳之前，故云：「頰耳間髮也」。《釋名》云：「在頰耳旁曰髯，其上連髮曰鬢。」是「鬢」與「髯」同在頰耳旁也，可證古本當有「耳間」二字。

鬌　卷一《大般若經》「華鬌」注引《說文》：「從髟，粤聲。」

大徐本：「髮兒。從髟，粤聲。讀若宀。」

小徐作：「從髟、粤。」

案：為形聲字，小徐本奪「聲」字。

鬣　卷二十四《度諸佛境界智光嚴經》「鬣毛」注引《說文》：「髦也。」卷七十七《釋迦譜序》「髦鬣」注引《說文》：「髮鬣也。」

二徐本：「髮鬣鬣也。從髟，巤聲。」

案：卷二十四並引：「或從毛作䯏，或從犭作「獵」與今本同，惟訓「髦」也與今本異。卷七十七引「髮鬣也」亦與今本同，惟未疊「鬣」字。本部「髦，髮也」，卷二十四訓「髦也」，義亦無殊。竊疑卷二十四引蓋涉其訓義而誤。

髳　卷七十八《經律異相》「髳頭」注引《說文》：「鬊髮也。從髟，兀聲。」卷六十二引同，卷五十七、卷九十五引作「鬊也」。
案：卷六十二、卷七十八引同二徐本。鬊，鬊髮也，訓作「鬊也」，義亦無殊，此與上字「鬣」之例正合，蓋慧琳因其義同而誤。

髻　卷四十一《六波羅蜜多經》「肉髻」注引《說文》：「從髟，吉聲。」卷二十九、卷三十二引同。
大徐新附：「總髮也。從髟吉聲。古通用結。」
案：慧琳未引訓義，《韻會》八霽云：「束髮也。或作結。」未著所出，竊疑原文或有《說文》二字，爲後人所刊落。

鬊　卷二十四《四童子三昧經》「鬊除」注引《說文》：「鬊髮也。大人曰髡，小兒曰鬊。從髟，弟聲。」卷十五引《說文》「小兒曰鬊」下又有「盡其身毛曰鬊」。
案：二徐本：「鬊髮也。從髟，弟聲。大人曰髡，小兒曰鬊。盡及身毛曰鬊。」慧琳引與二徐本合。

髟　部（引同二徐本，存而不論）
髮　卷十四《大寶積經》「鬚髮」注引《說文》：「根也。從髟，犮聲。」
髦　卷七十七《釋迦譜序》「髦鬣」注引《說文》：「髮也。從髟，毛聲。」

印　部
印　卷二十《寶星經》「璽印」注引《說文》：「執政者之所持信也。從爪，從卪。」卷二十八引作「王信也」。
二徐本：「執政所持信也。從爪，從卪。」
案：卷二十引與二徐本合，卷二十八引作「王信也」，蓋誤以「璽」爲「印」。

勹　部
匈　卷六十五《五百問事經》「擗匈」注引《說文》：「膺也。」卷一、卷七十四、卷七十六、卷九十引同。卷八十六引《說文》：「從勹，凶聲。」
大徐本：「聲也。從勹，凶聲。」
小徐本：「膺也。從凶聲。」

案：慧琳引同小徐本，大徐本「廥」誤作「聲」。

冢　卷八十七《辯正論》「汲冢」注引《說文》：「陵墓封冢也。」

二徐本：「高墳也。從勹，豕聲。」

案：小徐曰：「地高起若有所包也。」此說高墳之義，《周禮》冢人掌公墓之址，鄭注云：「冢，封土爲丘壠。」義與慧琳所引相近，竊疑慧琳引作「陵墓封冢也」，或本之經傳注釋，當從二徐本爲是。

包　部

包　卷六《大般若經》「胞胎」注引《說文》：「婦女懷妊兒生衣也。從勹，從巳，在勹中，象子未成形字也。」卷八引《說文》「婦人懷妊兒生衣也。」

二徐本：「象人裹妊，巳在中，象子未成形也。元气起於子。子，人所生也。男左行三十，女右行二十，俱立於巳，爲夫婦。裹妊於巳。巳爲子，十月而生。男起巳至寅，女起巳至申，故男季始寅，女年季申也。」

案：慧琳「包」下「兒生衣也」，即二徐本「胞」下「兒生裹也」。此字說解當從二徐本。

匏　卷三十一《大乘密嚴經》「匏水」注引《說文》：「瓠也。從包，從夸，夸亦聲。」

大徐本：「瓠也。從包，從夸聲。包取其可包藏物也。」

小徐「從包」下無「從」字。

案：鈕樹玉《說文校錄》云：「當作從包、夸，包亦聲。」桂氏、段氏亦皆曰：「當云從瓠省，包亦聲。」慧琳引作「夸亦聲」，當爲「包亦聲」之誤。

鬼　部

魑　卷七十五《道地經》「邪鬼魑」注引《說文》：「厲鬼也。」

二徐本：「厲鬼也。從鬼，失聲。」

案：引同二徐本。

嵬　部

嵬　卷九十二《高僧傳》「嵬然」注引《說文》：「高而不平也。從山，鬼聲。」

案：二徐本奪「而」字。

山　部

嶐　卷十一《大寶積經》「高峻」注引《說文》：「高也。從山，陵聲。」卷二十引作

「高險皃也」。卷八十二引作「陖也」。

二徐本：「高也。從山，陵聲。」

案：自部：「陵，陖也」；「陖，陵也」；二字互訓。卷八十二蓋涉自部而誤。卷二十引作「高險皃也」，誤衍「險皃」二字，疑係慧琳以己意增之。

岵　卷九十九《廣弘明集》「升岵」注引《說文》：「從山，古聲。」

二徐本：「山有草木也。從山，古聲。《詩》曰：陟彼岵兮。」

案：慧琳未引訓義。

屺　卷八十三《玄奘傳》「陟屺」注引《說文》：「無草木曰屺。從山，己聲。」

二徐本：「山無草木也。從山，己聲。《詩》曰：陟彼屺兮。」

案：慧琳奪一「山」字，亦未引《詩》。

巖　卷八《大般若經》「峰巖」注引《說文》：「岸也。」卷二十引作「峰也」，卷五十四引作「崖岸也」。

二徐本：「岸也。從山，嚴聲。」

案：卷八引同二徐本，卷五十四誤衍一「厓」字，李善注〈長笛賦〉引《說文》：「峰也。」與《音義》卷二十引同，竊疑古本或有此一訓。

崝嶸　卷八十八《釋法琳本傳》「崝嶸」注：「《說文》二字並從山，爭、榮皆聲也。」

二徐本「崝」下：「嶸也。從山，青聲。」「嶸」下：「崝嶸也。從山，榮聲。」

案：慧琳未引訓義。

峨　卷八十三《玄奘傳》「峨峨」注引《說文》：「從山，我聲。」

案：二徐本：「嵯峨也。從山，我聲」。慧琳未引訓義。

崇　卷一《高宗皇帝在春宮述三藏記》「崇闡」注引《說文》：「高也。從山，宗聲。」

二徐本：「嵬高也。從山，宗聲。」

案：《說文》：「高，崇也」，慧琳引《說文》「崇，高也」，二字互訓，可證古本無「嵬」字。

岌　卷八十三《玄奘傳》「岌岌」注引《說文》：「從山，及聲。」

案：大徐新附：「山高皃。從山，及聲。」慧琳未引訓義。

嶋　卷八十一《南海寄歸內法傳》「諸嶋」注引《說文》：「海中往往有山可依止曰嶋。從山，鳥聲。」

案：引同二徐本。

屵　部

岸　卷六十六《集異門足論》「崖岸」注引《說文》：「水崖洒而高者也。從屵，干聲。」

二徐本：「水厓而高者。從屵，干聲。」

案：《爾雅・釋丘》云：「望厓洒而高岸。」段注依《爾雅》補作「水厓洒而高者。」今得慧琳所引，可證古本確有「洒」字，今本誤奪宜補。

广　部

府　卷四十六《大智度論》「善府」注引《說文》：「藏也。」

二徐本：「文書藏也。從广，付聲。」

案：慧琳節引《說文》未引全文。

廬　卷十七《顯識經》「葦廬」注引《說文》：「從广，盧聲。」卷三十四引同。

二徐本：「寄也。秋冬去，春夏居。從广，盧聲。」

案：慧琳未引訓義。

廇　卷九十八《廣弘明集》「繞廇」注引《說文》：「從广，留聲。」

二徐本：「中庭也。從广，留聲。」

案：慧琳未引訓義。

廁　卷六十八《大毗婆沙論》「廁圂」注引《說文》：「圊也。」卷五十一引同。卷五十三引《說文》：「圊，圂廁也。從囗，青聲。」

二徐本：「清也。從广，則聲。」

案：慧琳卷五十三引有「圊」字，是許書有此字。小徐以為今俗字或作「圊」，而云：「古多謂之清者，以其不潔常當清除之也。」慧琳於「圊」字下引《說文》「圂廁也」，於「廁」下引《說文》「圊也」，二字互訓，義甚瞭然，正不必因作「清」而牽就引申其說。又《廣韻》亦引作「圊也」，是其證也。

底　卷三十八《阿難陀目佉尼呵離陀經》「厓底」注引《說文》：「止居，一云下也。從广，氐聲。」

二徐本：「山居也，一曰：下也。從广，氐聲。」

案：《玉篇》：「底，止也、下也。」《廣韻》：「底，下也、止也。」《晉語》韋注：「底，止也。」《左傳》服注：「底，止也。」段氏云：「山當作止，下文『庢，礙止也。廎，安止也』，與此相連屬。」今得慧琳所引確作「止」字，段氏之精密由此可見。

广　部（以下引同二徐本，存而不論）

庌　卷四十三《佛說安宅神咒經》「南庌」注引《說文》：「廡也。從广，牙聲。」

廡　卷四十二《大佛頂經》「簷廡」注引《說文》：「堂下周屋也。從广，無聲。」

廄　卷六十二《根本毗奈耶雜事律》「廄馬」注引《說文》：「馬舍也。從广，既聲。」

厂　部

厲　卷十一《大寶積經》「猛厲」注引《說文》：「從厂，蠆省聲。」
二徐本：「旱石也。從厂，蠆省聲。」
案：慧琳未引訓義。

厭　卷三十七《隨求大陀羅尼經》「厭蠱」注引《說文》：「合也。從厂，猒聲。」
二徐本：「笮也。從厂，猒聲。一曰：合也。」
案：慧琳節引《說文》未引全文。

厝　卷八十四《集古今佛道論衡》「厝懷」注引《說文》：「從厂，昔聲。」
二徐本：「厲石也。從厂，昔聲。《詩》曰：他山之石，可以為厝。」
案：慧琳未引訓義。

仄　卷六十二《根本毗奈耶雜事律》「仄陋」注引《說文》：「傾側也。從人在厂下。」
二徐本：「側傾也。從人在厂下。」
案：《唐寫本玉篇》仄注引《說文》：「傾側也。」與慧琳引同，可證古本如是，今本誤倒。

危　部

攲　卷六十五《五百問事經》「攲鉢」注引《說文》：「不正也。從危，支聲。」
二徐本：「攲隔也。從危，支聲。」
案：「攲」為不正，故箸之訓曰「飯攲衷之，以入飯於口中也。」宥坐之器曰「攲器」，虛則攲，中則正，滿則覆也。《廣韻》亦云：「攲者，不正也。」可證古本有「不正也」一訓。

石　部

磺　卷七十二《顯宗論》「等磺」注引《說文》：「銅鐵璞也。從石，黃聲。」卷六十九、卷十五引同。
二徐本：「銅鐵樸石也。從石，黃聲，讀若礦。」
案：《文選》〈江賦注〉、〈四子講德論注〉及慧琳《音義》卷十五、卷六十九、卷七十一皆引作「銅鐵璞也」。《玉篇》注亦引同，可證古本無「石」字，今本誤衍。

碝　卷九十六《廣弘明集》「碝石」注引《說文》:「石似玉也。」

二徐本:「石次玉者。從石,耎聲。」

案:《文選》〈西都賦〉、〈西京賦〉注皆引作「石之次玉也」,蓋古本有「之」字文義乃完,今本奪一「之」字,慧琳引「似」字當爲「次」字之誤。

碣　卷八十三《玄奘傳》「豊碣」注引《說文》:「特立石也。從石,曷聲。」卷五十八同引。

二徐本:「特立之石,東海有碣石山。從石,曷聲。」

案:慧琳未引全文。

碓　卷一百《法顯傳》「碓臼」注引《說文》:「從石,隹聲。」卷五十七引同。

案:二徐本訓「舂也」,慧琳未引訓義。

磽确　卷八十二《大唐西域記》「磽确」注引《說文》:「磽确,磬也。」卷七十二「磽确」注:「《說文》:磽确,亦磬也,並從石,堯、角皆聲。」

案:二徐本「磽」、「确」並訓作「磬石也」,段氏依《韻會》訂正作「磬也」,今得慧琳所引可證古本無「石」字。

礎　卷九十八《廣弘明集》「惟礎」注引《說文》:「從石,楚聲。」

大徐新附:「磧也。從石,楚聲。」

案:慧琳先引許叔重《淮南子》注:「楚人謂柱碣曰礎。」卷九十二慧琳引《古今正字》云:「從石,楚聲。」竊疑卷九十八《說文》二字當係《古今正字》之誤。

石　部(以下引同二徐本,存而不論)

磑　卷三十七《陀羅尼集》「磑石」注引《說文》:「𥖄也。從石,豈聲。」

磬　卷八十一《三寶感通錄》「磬聲」注引《說文》:「樂石也。象縣虡之形。殳,擊之也。」

磊　卷九十八《廣弘明集》「磥硌」注引《說文》:「眾石皃也。或從三石。」

豕　部

豬　卷十三《大寶積經》「圂豬」注引《說文》:「豕三毛叢生曰豬。」

二徐本:「豕而三毛叢居者。從豕,者聲。」

案:《本草・嘉祐圖經》犀其皮每一孔生三毛,段氏據此訂正爲「豕而三毛叢尻者」,是段氏已知「居」爲譌字,今得慧琳所引可證「居」爲「生」字之誤。

豸　部

豹　卷十六《大方廣三戒經》「貘豹」注引《說文》：「獸也，似虎，團文，黑花而小
　　於虎。」卷四十七引《說文》：「似虎而小於虎，團文，黑花。」卷二十五引《說
　　文》：「似虎，團文也。」
　　二徐本：「似虎，圜文。從豸，勺聲。」
　　案：卷二十五引與今本合。卷十六、卷四十七文義甚詳，似非箋釋語，竊疑卷
　　十六引或係許書原文。

豺　卷九十五《弘明集》「豺獺」注引《說文》：「狼屬，狗足。從豸，才聲。」卷七
　　十六引同。
　　二徐本：「狼屬，狗聲。從豸，才聲。」
　　案：慧琳兩引皆作「狼屬狗足」，考《爾雅・釋獸》曰：「豺，狗足」，可證慧琳
　　所引確爲古本，今本「足」誤作「聲」。

貑　卷十四《大寶積經》「狐貑」注引《說文》：「似狐而小，善睡也。」卷五十引《說
　　文》：「似狐善睡獸也。」
　　二徐本：「似狐善睡獸也。從豸，舟聲。」
　　案：卷五十引與二徐本同，卷十四引或有己意綴加者。

貍　卷二十七《妙法蓮華經》「貍」注引《說文》：「伏獸，似貙。從豸，里聲。」
　　案：引同二徐本。

易　部

易　卷六《大般若經》「無易」注引《說文》：「賈秘書說：日月爲易，一云從勿。」
　　卷三引《說文》：「蜥易也，在室曰守宮，在澤曰蜥易，象形字也，一云：日月
　　爲易。」
　　二徐本：「蜥易，蝘蜓，守宮也。象形。秘書說：日月爲易，象陰陽也。一曰：
　　從勿。」
　　案：此字說解段注釋之甚詳，孰爲定本，不可究詰。惟卷六引作「賈秘書說」
　　足證奪去「賈」字之失。考許書之例凡引書當用「曰」字，如《詩》曰、《易》
　　曰、《虞書》曰等。引各家之說當用「說」字，如孔子說、韓非說、左氏說、淮
　　南王說、司馬相如說等，此許書之通例也。卷六引「賈秘書說日月爲易」，二徐
　　本奪「賈」字，許君古學從賈逵出，故引師說或稱「賈秘書」或稱「賈侍中」
　　而不名也，段、王、桂皆以「秘書」爲「緯書」，大誤！

《一切經音義》引《說文》考　第十

馬　部

騏　卷二十六《大般涅槃經》「麒麟」注引《說文》：「馬文如綦文者也。」卷三十玄
　　應撰《文殊師利現寶藏經》「騏驥」注引《說文》：「馬有青驪文，似綦也。」
　　二徐本：「馬青驪文如博綦也。從馬，其聲。」
　　案：李善注《文選・七發》引作「馬驪文如綦也」，《詩・小戎》傳曰：「騏，綦
　　文也。」《正義》曰：「色之青黑者名爲綦，馬名爲騏，知其色作綦文。」據慧
　　琳、玄應、李善所引及《詩傳》、《正義》注可知今本誤「綦」作「綦」，又妄增
　　「博」字。古本當作「馬青驪文如綦也」爲是。

驪　卷九十九《廣弘明集》「文驪」注引《說文》：「從馬，麗聲。」
　　案：二徐本訓「馬深黑色」，慧琳未引訓義。

駿　卷十四《大寶積經》「駿疾」注引《說文》：「馬之良材者。」卷十五、卷八十九
　　引同。卷二十六引作「馬之才良者」，卷四十四引作「馬之良者」，卷八十三引
　　作「馬良才也」。
　　二徐本：「馬之良材者。從馬，夋聲。」
　　案：慧琳《音義》卷十四、卷十五、卷八十九引同二徐本，卷二十六、卷四十
　　四、卷八十三皆引有奪誤。

驤　卷九十六《弘明集》「高驤」注引《說文》：「馬低昂也。從馬，襄聲。」卷八十
　　九引同。
　　案：二徐本作「馬之低仰也」，慧琳兩引皆無「之」字，竊疑古本或無「之」字。

駟　卷二十七《妙法蓮花經》「駟」注引《說文》：「四馬共一乘。」卷二十五《大般
　　涅槃經》「四馬駟」注引《說文》：「一乘，駕以四馬也。」

二徐本：「一乘也。從馬，四聲。」

案：小徐曰：「四馬也。」可證古本當有「四馬」二字，丁福保云：「今二徐本奪『駕以四馬』四字，宜補。」竊以爲古本當如卷廿五所引作「一乘，駕以四馬也。」

駢　卷六十一《根本毗奈耶雜事律》「駢闐」注引《說文》：「車駕二馬。從馬，并聲。」

卷四十、卷八十九引《說文》：「從馬，并聲。」

二徐本：「駕二馬也。從馬，并聲。」

案：各本皆作「駕二馬也」，慧琳引有「車」字，當係誤衍。

駁　卷三十七《陀羅尼集》「駁駁」注引《說文》：「駁駁，行相及也。」

二徐本：「馬行相及也。從馬，從及。讀若《爾雅》：『小山駁大山，峘』。」

案：慧琳先引《爾雅》郭注云：「駁駁，疾皃。」次引《說文》亦疊駁字，可證古本如是。丁福保以爲二徐本「馬」乃「駁」字之壞奪其半耳。

駚　卷十七《如幻三昧經》「愚駚」注引《說文》：「馬行仡仡。從馬，矣聲。」卷十九引作「馬行癡仡仡也」。

案：卷十七引同今本，卷十九慧琳先引《方言》云：「疲癡駚也。」故相涉衍一「癡」字。

驁　卷二十四《大方廣佛花嚴經》「馳驁」注引《說文》：「馬亂足也。從馬，敖聲。」

卷八十二《西域記序》「長驁」注引《說文》：「亂馳也。從馬，敖聲。」卷八十九引同。

二徐本：「亂馳也。從馬，敖聲。」

案：卷八十二、卷八十九引同今本，竊疑卷二十四係慧琳綴加己意者。

騁　卷十一《大寶積經》「馳騁」注引《說文》：「直騙也。從馬，粵聲。」卷十五、卷十六、卷四十九、卷七十六引同。

二徐本：「直馳也。從馬，粵聲。」

案：馳騁、驅騁字皆可連用，訓爲「直馳」亦合，惟《音義》屢引皆亦作「直騙」，當從之。

騖　卷四十二《大方廣如來藏經》「跳騖」注引《說文》：「上馬也。從馬，莫聲。或作趜。」卷三十六「騎騖」注：「《說文》或作趜，古字也。」

二徐本：「上馬也。從馬，莫聲。」

案：二徐本無重文「趜」字，《廣韻》有「趜」字，《文選·江賦》：「趜漲截澗」注：「猶越也。」「趜」即「騖」字，許書重文逸之久矣。

騷　卷七十七《釋迦譜序》「騷動」注引《說文》：「擾也。從馬，蚤聲。」卷七十四

玄應撰《賢愚經》「騷騷」注引《說文》:「擾也。又摩馬也。亦大疾也。」

二徐本:「擾也。一日:摩馬。從馬,蚤聲。」

案:慧琳引同二徐本,玄應引有「亦大疾也」,係據〈檀弓〉注而誤入《說文》,非許書原有。

駔　卷五十一《唯識二十論》「騁駔」注引《說文》:「從馬,日聲。」

案:二徐本訓「驛傳也」,慧琳未引訓義。

贏　卷十七《太子和休經》「騾驢」注引《說文》:「驢父馬母所生也。從馬,累聲。」

二徐本「贏」下:「驢父馬母。從馬,𠃲聲。或從贏。」

案:崔豹曰:「驢爲牡,馬爲牝,即生騾。」騾字亦古,竊疑許書當有此一重文,二徐本又奪「所生」二字。

駛　卷十九《十輪經》「駛流」注引《說文》:「從馬,史聲。」

二徐本無「駛」字,大徐新附有「駛」字,訓「疾也」,從馬,吏聲。

案:《韻會》四紙:「駛疾也。」未著所出,是新附之「駛」,或即已逸之「駛」,慧琳引《蒼頡篇》:「水流疾也。」《考聲》:「速也。」可證古有此字。

馬　部（以下引同二徐本,存而不論）

駁　卷二十四《金剛髻珠菩薩修行分經》「牖駁」注引《說文》:「馬色不純也。從馬,爻聲。」

驥　卷九十五《弘明集》「芯驥」注引《說文》:「千里馬也,孫陽所相者也。從馬,冀聲。」

驍　卷九十四《高僧傳》「驍捍」注引《說文》:「良馬也。從馬,堯聲。」

鹿　部

鹿　卷十一《大寶積經》「麋鹿」注引《說文》:「獸也,象角支四足形,鳥鹿足皆似匕,故從二匕。」

二徐本:「獸也,象頭角四足之形,鳥、鹿足相似,故從匕。」

案:慧琳引與二徐本大同小異,「象角支四足形」二徐作「象頭角四足之形」,慧琳卷四十五「野鹿」注引《說文》亦有「象角支四形也」句,竊疑應以慧琳所引爲是。

麟　卷四十七、卷六十八、卷八十七、卷八十八引《說文》:「從鹿,粦聲。」

案:二徐本訓「大牝鹿也」,慧琳未引訓義。

麈　卷八十九《高僧傳》「執麈尾」注引《說文》:「鹿屬也,大而一角。從鹿,主聲。」

卷一百引同。

二徐本：「麠屬。從鹿，主聲。」

案：本部「麠」：「鹿屬也」，「麈」字慧琳兩引皆作「鹿屬」，於義爲當。今本奪「大而一角」四字。

麝　卷五十《攝大乘論》「沉麝」注引《說文》：「從鹿，射聲。」

案：二徐本訓「如小麋，臍有香」，慧琳未引訓義。

鹿　部（以下引同二徐本，存而不論）

麒　卷十一《大寶積經》「麒麟」注引《說文》：「仁獸也。麕身、牛尾、一角。從鹿，其聲。」

麋　卷十一《大寶積經》「麋鹿」注引《說文》：「鹿屬。從鹿，米聲。」

麛　卷九十五《弘明集》「麛卵」注引《說文》：「鹿子也。從鹿，弭聲。」

麤　部

麤　卷十一《大寶積經》「麤獷」注引《說文》：「從三鹿。」卷八十六、卷九十二引同。

案：二徐本訓「行超遠也」，慧琳未引訓義。

兔　部

兔　卷十一《大寶積經》「猫兔」注引《說文》：「狩名也。象踞，後點象其尾。兔頭與㲋頭同。」卷十三「兔腹」注引《說文》：「獸名也。兔頭似㲋頭，因從㲋省，後象兔尾。」卷四十一「狐兔」注引《說文》：「獸也。前㲋象踞，後點象其尾也，兔頭與㲋頭同。」

二徐本：「獸名。象踞、後其尾形。兔頭與㲋頭同。」

案：慧琳凡三引皆有譌誤，當從二徐本爲是。

犬　部

尨　卷六十四《優婆離問佛經》「純尨」注引《說文》：「犬之多毛雜色不純者曰尨。」卷六十三引同。

二徐本：「犬之多毛者。從犬，從彡。《詩》曰：無使尨也吠。」

案：二徐本奪「雜色不純」四字，《韻會》引小徐曰：「彡、毛長也。一曰：雜也。」是其證矣。

猃　卷七十七《釋迦氏略譜》「猃玁」注引《說文》：「黑犬黃頤也。」

二徐本：「長喙犬。一曰：黑犬黃頭。從犬，僉聲。」

案：《初學記》注引作「黑犬黃頤」，可證二徐本「頭」字確係「頤」之誤。

獷　卷二十八《法花三昧經》「獷強」注引《說文》：「犬獷獷不可附也。」卷十八引作「獷犬不可附近也」，卷三十二引作「犬獷也。獷不可附也」，卷四十一引作「犬獷惡不可附也」，卷八十二引作「獷，惡犬不可附近也」，卷八十七引作「獷不可附也」。

二徐本：「犬獷獷不可附也。從犬，廣聲。漁陽有獷平縣。」

案：卷二十八引同二徐本，餘各卷所引皆有譌誤。

倏　卷八十《開元釋教錄》「倏忽」注引《說文》：「倏，謂犬走也。」卷三十七《廣大寶樓閣善住秘密陀羅尼經》「倏忽」注引《說文》：「犬走也。從犬，攸聲。」

二徐本：「走也。從犬，攸聲，讀若叔。」

案：慧琳兩引皆作「犬走也」，可證古本如是，今本皆奪一「犬」字。

戾　卷十五《大寶積經》「喝戾」注引《說文》：「曲也，犬出戶下，身必曲戾，故從犬。」卷三十引《說文》：「曲也。從犬出寶下，身曲戾也。」

二徐本：「曲也。從犬出戶下。戾者，身曲戾也。」

案：慧琳兩引與二徐本大同小異，惟皆無「戾者」二字，《廣韻》引《說文》：「曲也。從犬出戶下。戾著身戾曲也。」與二徐亦小異，是傳寫未有定本。

獵　卷五十三《起世因本經》「獵師」注引《說文》：「效獵逐禽也。」卷四十五引同。卷九十引作「效獵驅逐禽獸使不害苗，所獵者以享薦宗廟」。

大徐本：「放獵逐禽也。從犬，巤聲。」

小徐本：「畋獵也、逐禽也。從犬，巤聲。」

案：《韻會》引作「效獵也，逐禽也」，是小徐原本作「效」，慧琳三引皆作「效」，則大徐「放」爲「效」之譌，自無疑義，是古本當作「效獵逐禽也」。卷九十所引數語或係箋釋之文，決非「獵」字說解也。

狂　卷三《大般若經》「狂賊」注引《說文》：「狾也。從犬，㞷聲。」卷十七引《說文》：「從犬，王聲。」

二徐本：「狾犬也。從犬，㞷聲。」

案：慧琳奪一「犬」字。

玃　卷四十六《大智度論》「玃玃」注引《說文》：「大母猴也。」卷三十一、卷六十五引同。

二徐本：「母猴也。從犬，矍聲。《爾雅》云：玃父善顧。攫持人也。」

案：慧琳屢引皆有「大」字，《廣韻》十八藥引《說文》：「大母猴也。」與慧琳引同，可證古本有「大」字，今本奪失。

獺　卷五十九《四分律》「水獺」注引《說文》：「形如小犬，水居，食魚者也。」卷十五引《說文》：「如小狗，水居，食魚。」卷七十八引《說文》：「如小狗，入水食魚。」
大徐本：「如小狗也。水居，食魚。從犬，賴聲。」
小徐本：「小狗也。食魚。從犬，賴聲。」
案：玄應《音義》卷十四、卷十五引《說文》：「形如小犬，水居，食魚者也。」與慧琳《音義》卷五十九引同，與大徐本亦近是，竊以為應訂正作「形如小狗，水居，食魚者。」小徐本奪「形如」及「水居」四字。

狼　卷二十九《金光明經》「豺狼」注引《說文》：「狼，似犬，銳頭白額，高前廣後，耳聳豎，口方，尾常垂下，青黃色，或白色，甚有力，驅馬人畜皆遭害。」
二徐本：「似犬，銳頭白頰，高前廣後。從犬，良聲。」
案：《文選·西都賦》注引同二徐本，竊疑《音義》「耳聳豎」以下皆係慧琳以己意所綴加者。

狷　卷八十四《古今佛道論衡》「狂狷」注引《說文》：「疾跳也，亦曰急也。從犬，肙聲。」卷四十六「狂狷」注：「今作獧。」卷八十二「狷急」注：「或作獧。」
二徐本「獧」下：「急跳也。一曰：急也。從犬，睘聲。」
大徐新附「狷」：「褊急也。從犬，肙聲。」
案：慧琳卷八十四「狂狷」注引《說文》與二徐本「獧」說解正合，卷四十六、卷八十二以「狷」為「獧」之重文，蓋古本如是，今二徐本既逸「獧」之重文「狷」，大徐復以「狷」列入新附，又誤矣。

犬　部（以下引同二徐本，存而不論）

猗　卷十五《大寶積經》「猗著」注引《說文》：「犗犬也。」
臭　卷三《大般若經》「臭襪」注引《說文》：「禽走臭而知其迹者犬也。從犬，從自。」卷八、卷十八、卷三十三、卷七十二引同。
狾　卷五十七《佛說狾狗經》「狾狗」注引《說文》：「狂犬也。從犬，折聲。」

犾　部

獄　卷六《大般若經》「地獄」注引《說文》：「确也。二犬相齧，中心言者訟也。會意字。二犬所以守也。」卷七「地獄」注引《說文》：「從犾。犾者二犬相齧也。

從言，言，訟也。」卷十四「牢獄」注引《說文》：「從狱。二犬，所以吠守也。」

大徐本：「确也。從㹜，從言。二犬，所以守也。」

小徐本：「确也。從㹜，言聲。二犬，所以守也。」

案：慧琳「獄」字凡三引，中有箋釋語，如「二犬相嚙」即「㹜」下說解；「中心言者訟也」，其爲箋釋語無疑。惟慧琳以爲會意字，不以言聲與大徐同，當爲古本。

鼠　部

鼷　卷四十三玄應撰《觀佛三昧海經》「鼷鼠」注引《說文》：「小鼠也，有毒者也。或名甘口鼠也。」

二徐本：「小鼠也。從鼠，奚聲。」

案：《爾雅》云：「有螫毒，或謂之甘口鼠。」《玉篇》：「小鼠也，螫毒食人及鳥獸皆不痛，今之甘口鼠。」竊疑玄應此引係雜揉《說文》、《爾雅》、《玉篇》而出者。

能　部

能　卷三《大般若經》「能紹」注引《說文》：「獸也，熊屬也，足似鹿從二匕。堅中故稱賢能，而強壯故稱能傑。從肉，㠯聲。」卷四「能刺」注引《說文》：「熊屬也，足似鹿故從二匕。從肉，㠯聲。」卷四「能聽」注引《說文》：「獸也，熊屬也。」

二徐本：「熊屬，足似鹿。從肉，㠯聲。能獸堅中，故稱賢能，而彊壯稱能傑也。」

案：慧琳卷三、卷四皆有「獸也」二字，當是古本。二徐本又佚「從二匕」三字，宜據慧琳所引補作：「獸也，熊屬，足似鹿從二匕。從肉，㠯聲。能獸堅中，故稱賢能，而彊壯稱能傑也。」

熊　部

熊　卷十一《大寶積經》「熊羆」注引《說文》：「獸名也。似豕而大，山居，冬蟄，其掌似人。」卷三十四引《說文》：「似豕，山居，冬蟄。從能、火。」卷四十一引《說文》：「獸也。似豕，山居，冬蟄，舐足掌，其掌似人。」卷三十三引《說文》：「似豕，山居，冬蟄，舐其掌，掌似人掌也。」

二徐本：「獸。似豕。山居，冬蟄。從能，炎省聲。」

案：慧琳屢引皆有「舐其掌其掌似人」，今本奪失。竊以爲宜正作：「獸也。似

豕，山居，冬蟄，舐其掌，其掌似人。」

羆　卷三十四《八佛名號經》「熊羆」注引《說文》:「黃白文也。從熊，罷省聲。」

二徐本:「如熊。黃白文。從熊，罷省聲。」

案:慧琳引文節去「如熊」二字。

火　部

燔　卷四十五《文殊淨律經》「燔燎」注引《說文》:「燒也。從火，番聲。」卷九十六引同。

二徐本:「爇也。從火，番聲。」

案:爇，燒也;「燒」、「爇」二字互訓，慧琳兩引皆同，當是古本。《玉篇》亦作「燒也」，是其證也。

爚　卷四十六《大智度論》「煜爚」注引《說文》:「火光也。」卷八十八、卷九十九引同。

二徐本:「火飛也。從火，龠聲。一曰:熱也。」

案:小徐引〈東京賦〉曰:「遺光煜爚」，是古本正作「火光也」，《文選．琴賦》、〈景福殿賦〉李善注並《初學記》及玄應《音義》卷八、卷九、卷十一皆引作「火光也」，可證古本如是。

灰　卷八《大般若經》「灰燼」注引《說文》:「死火也。從火，又聲。」

二徐本:「死火餘𡿺也。從火，從又。又，手也。火既滅，可以執持。」

案:本部𡿺:「火餘也」，《音義》引古本作「火之餘木也」。火之餘木曰「𡿺」，乃尚未成灰者，灰爲死火，不得再有餘𡿺。二徐「餘𡿺」二字，其爲衍文無疑。《九經字樣》、《廣韻》十五「灰」皆引:「灰，死火也」，《玉篇》亦云「灰，死火也」，可證古本如是。《諧聲補逸》云:「王先生曰:字蓋從火，又聲。今本《說文》:『灰，從火，從又。又，手也。火既滅，可以執持。』此後人不知古音而妄改之也。從又聲者，《說文》龠從皿有聲讀若灰，一曰若賄，是灰在之部也。」此言洵然，可知所據本作「死火也。從火，又聲」，確爲許書古本。

炧　卷九十六《弘明集》「炧垂」注引《說文》:「燭炭也。從火，也聲。」

二徐本:「燭𡿺也。從火，也聲。」

案:「炭」小徐作「燒木未成灰也」，《音義》引作「火之餘木也」，火之餘木即燒木未成灰者，「炧」訓義作「燭炭」、作「燭𡿺」義得兩通。

𤆵　卷十三《大寶積經》「灰𡿺」注引《說文》:「𡿺，謂火之餘木也。」卷四十六、

卷二十二引同。

卷二十六引《說文》：「火之餘木。」

二徐本：「火餘也。從火，聿聲。一曰：薪也。」

案：玄應《音義》屢引皆同慧琳作「火之餘木也」，可證古本如是。二徐本顯有奪字。《玉篇》注：「火餘木也」，蓋本《說文》，是其證也。

燓　卷四十四《寂造神變三摩地經》「燓蕩」注引《說文》：「燒田也。從火在林，林亦聲。」卷四十、卷五十引同。

二徐本篆體作「燓」：「燒田也。從火、棥，棥亦聲。」

案：《玉篇》、《廣韻》有「焚」無「燓」，玄應卷六、卷二十二、卷二十四亦皆作「焚」，訓義亦同，《說文》人部古文份：「從焚省聲」，頁部煩「一曰：焚省聲」，據此知許書有「焚」無「燓」與《篇》、《韻》同。嚴章福《校議議》云：「經典焚字不可勝舉，而燓則未之見，段氏改篆作燓，改說解作從火林，不爲無本，惟少聲字耳。」是所見同也。鈕樹玉《校錄》云：「隋〈石裏村造橋碑〉作燓，當出六朝所作。」更可證應以作「焚」爲是。

燋　卷一《大般若經》「焦惱」注引《說文》：「火所燒也。」卷三十、卷五十一、卷六十六、卷七十四皆引同。

二徐本：「火所傷也。從火，雥聲。」

案：《音義》屢引皆作「火所燒也」，可知古本如是。火所燒則燋，燋與爝互訓，其義可知，若爲火所傷則未必至於燋也。

煒　卷二十四《莊嚴菩提心經》「煒華」注引《說文》：「盛赤也。」卷十三引同。

卷八十《大唐內典錄》「煒如」注引《說文》：「盛明皃也。從火，韋聲。」卷十七、卷八十七引同。

二徐本：「盛赤也。從火，韋聲。《詩》曰：彤管有煒。」

案：卷十三、卷二十四引同二徐本，《詩》：「彤管有煒」，《傳》云：「煒，赤皃。」「煒」二徐本訓「盛赤也」，不誤。又慧琳《音義》卷十七、卷八十、卷八十七凡三引皆作「盛明皃也」，玄應《音義》卷一、卷十三、卷十八皆引同，據此是許書古有二訓，今本奪其一也。故嚴可均《校議》云：「煒，當作盛明皃也，一曰：赤也。」

爛　卷五十一《唯識論》「火爛」注引《說文》：「火爛也。從火，闌聲。」卷四十五引同。

二徐本：「火門也。從火，闌聲。」

案：《文選・蜀都賦》李善注引《說文》：「火焰也。」「焰」即「爛」之省文，《六

書故》引《唐本說文》：「火爛爛也。」多出一爛，玄應《音義》卷九亦引作「火爛也」，可證古本如是。

爟　卷九十四《高僧傳》「玁狁烽爟」注引《說文》：「火舉也。從火，雚聲。」

大徐本：「取火於日。官名。舉火曰爟。《周禮》曰：司爟，掌行火之政令。從火，雚聲。」

小徐本：「從火，雚聲。置於取火於日官名下。」

案：「舉火曰爟」即慧琳所引「火舉也」之變文，是為「爟」字本義。餘所引《周禮》語二徐前後既多歧異，其非全為許書原文已可概見。又「烜」字大徐本為「爟」之重文，小徐別出注曰：「或與爟同。」小徐案語即疑為傳寫之譌，則此字說解凌亂更無疑義也。

爝　卷八十八《集沙門不拜俗議》「馨爝」注引《說文》：「以火拂除祆也。」同卷「爝火」注引同。卷八十六引《說文》：「火被也。」卷九十七引《說文》：「苣火也。」

二徐本：「苣火，祓也。從火，爵聲。呂不韋曰：湯得伊尹，爝以爟火，釁以犧猳。」

案：慧琳卷八十六、卷九十七皆有奪字，卷八十八兩引當係箋釋之語，應以二徐本為是。

火　部（以下引同二徐本，存而不論）

熛　卷五十七《佛說處處經》「熛起」注引《說文》：「火飛也。從火，票聲。」

煨　七十六《龍樹菩薩勸誡王頌》「煻煨」注引《說文》：「盆中火也。從火，畏聲。」

炊　卷七十八《經律異相》「舂炊」注引《說文》：「爨也。從火，吹省聲。」

灼　卷十一《大寶積經》「焚灼」注引《說文》：「炙也。從火，勺聲。」

燎　卷八十八《釋法琳本傳》「原燎」注引《說文》：「放火也。從火，尞聲。」卷四、卷十二、卷十四、卷四十五、卷四十九、卷九十七引同。

煜　卷八十二《西域記》「晃煜」注引《說文》：「耀也。從火，昱聲。」

燿　卷九十《高僧傳》「炫燿」注引《說文》：「照也。從火，翟聲。」卷十四引同。

煌　卷九十三《高僧傳》「焜煌」注引《說文》：「煌，輝也。從火，皇聲。」

燀　卷二十四《莊嚴菩提心經》「煒燀」注引《說文》：「盛也。從火，單聲。」

燠　卷九十一《高僧傳》「炎燠」注引《說文》：「熱在中也。從火，奧聲。」

煖　卷五十五《禪秘要法經》「煖煴」注引《說文》：「溫也。從火，耎聲。」

炕　卷七十四《佛本行讚傳》「炕燋」注引《說文》：「乾也。」

光　卷二十九《金光明最勝王經》「金光明」注引《說文》：「明也。」

炎　部

燄　卷三十三《大乘伽耶山頂經》「時燄」注引《說文》:「火微燄燄也。從炎，臽聲。」
卷六十六引《說文》:「火行微燄也。從炎，臽聲。」
二徐本:「火行微燄燄也。從炎，臽聲。」
案:慧琳卷三十三奪一「行」字，卷六十六奪一「燄」字。

黑　部

黶　卷四十《曼殊室利菩薩眞言儀軌經》「月黶」注引《說文》:「中黑也。從黑，厭
聲。」卷四引作「肉中黑也」，卷四十六引作「中黑子也」，卷五十四引作「肉
黑也」。
二徐本:「中黑也。從黑，厭聲。」
案:慧琳引《考聲》:「面中黑子也。」玄應《音義》卷一、卷九、卷十二皆引
作「面中黑子也」，蓋古本如是。《廣韻》「黶」、「黶」同字，注:「面上黑子」，
「黶」之本義如此。春秋人名如孫伯黶、欒黶等，蓋皆以面有黑子名之。《史記·
高祖紀》:「左股有七十二黑子」顏注:「今中國通呼黶子，吳楚俗謂之誌。」則
凡身有黑子皆得名黶，不必在面，許君明其本義，自《說文》注脫誤，解者云
黑色在內，是謂望文生義。

黔　卷八十九《高僧傳》「黔首」注引《說文》:「黑黎也。從黑，今聲。」
大徐本:「黎也。從黑，今聲。秦謂民爲黔首，謂黑色也。周謂之黎民，《易》
曰:爲黔喙。」小徐本作「黱也」，以下同大徐本。
案:《說文》無「黱」字，小徐作「黱」即「黑」、「黎」二字之譌，大徐奪「黑」
字。

黲　卷三十九《不空羂索經》「黑黲」注引《說文》:「淺青黑色也。從黑，參聲。」
大徐本:「淺青黑也。從黑，參聲。」
小徐本:「淺青黑色，從黑，參聲。」
案:慧琳引同小徐本，大徐奪一「色」字。

黠　卷十七《善住意天子經》「黠慧」注引《說文》:「從黑，吉聲。」
案:二徐本訓「堅黑也」，慧琳未引訓義。

黨　卷二十九《金光明最勝王經》「偏黨」注引《說文》:「從黑，尙聲。」卷十六引
同。
案:二徐本訓「不鮮也」，慧琳未引訓義。

黯　卷三十三《佛說大乘造像功德經》「黯如」注引《說文》:「深黑皃也。從黑，音

聲。」

二徐本:「深黑也。從黑,音聲。」

案:引與二徐本義合。

炙 部(炙引同二徐本,存而不論)

炙　卷十四《大寶積經》「火炙」注引《說文》:「炮肉也。從肉在火上。」

赤 部

赧　卷二十六《大般涅槃經》「赧然」注引《說文》:「面慙也。」卷二十四「皺赧」
　　注引《說文》:「慙也。從赤,反聲。」

二徐本:「面慙赤也。從赤,反聲,周失天下於赧王。」

案:《御覽》三百六十五人事部引同今本,慧琳兩引皆有奪字。

赫　卷八《大般若經》「赫弈」注引《說文》:「大赤皃也。從二赤。」卷三十七《金
　　剛秘密善門陀羅尼經》「赫弈」注引《說文》:「大赤也。從二赤。」希麟《音義》
　　卷二引《說文》:「大赤皃也。」

二徐本:「火赤皃。從二赤。」

案:赤,南方色也。從大,從火。赫從二赤,言其色之大也,不專屬於火,段
氏注引經傳說之甚詳,並訂為「大赤皃」,今得《音義》所引是其證也。

大 部

奄　卷九十五《弘明集》「奄曖」注引《說文》:「覆也,大有餘也。一曰:久也。」

二徐本:「覆也,大有餘也。又欠也。從大,從申。申,展也。」

案:奄下云「又欠也」,段氏曰未詳,朱氏《通訓定聲》疑「久」字之誤,今得
慧琳所引正作「久也」,是其證矣。

交　卷四十一《六波羅蜜多經》「交絡」注引《說文》:「合也,平也,象交形。」

二徐本:「交脛也。從大,象交形。」

案:《廣雅·釋詁》、《楚辭》注、〈月令〉鄭注皆訓「合也」。「平也」之訓無
可考,或以為當作「互」,後以傳寫遂誤作「平」,《大正藏》正作「互」,惟
校者又訂作「平」,竊以為應以作「互」為是,是古本有此二訓,今本《說文》
僅曰「交脛」,但說字形,無訓義。丁福保以為蓋古本「一曰」以下之奪文。

絞　卷四十一《六波羅蜜多經》「交絡」注:「絞,縊也。」卷十七、卷三十二引《說
　　文》:「從系,交聲。」

大徐本：「縊也。從交，從系。」

小徐本：「縊也。從交，系聲。」

案：慧琳引《說文》：「從系，交聲」，此即許書從部首得聲之例，如「筆」從「聿」得聲、「稟」從「㐭」得聲是也。大徐本作「從交，從系」，非是。小徐本「交」、「系」二字誤倒。

本　部

奔　卷六《大般若經》「奔惡」注引《說文》：「疾有所趣也。從夭，賁省聲。」卷十、卷三十八引同。

大徐本：「疾有所趣也。從日、出、夲廾之。」

小徐本：「疾有所趣也。從夲。」

案：鈕樹玉《校錄》云：「當作從夲，賁省聲。」正與慧琳引同，可證古本如是。

大　部

奭　卷七《大般若經》「柔奭」注引《說文》：「前稍韋也。奭，弱也。從大，而聲。」卷四引《說文》：「奭，弱也。從大，而聲。」

二徐本：「稍前大也。從大，而聲，讀若畏偄。」

案：慧琳引鄭眾注《周禮》云：「奭，厚脂韋皮也。」是「奭」有「韋」義，故云「前稍韋也」。今本作「稍前大也」，義不可解。「奭，弱也」卷四引同，是古又有此一訓。

竝　部

替　卷一《大唐三藏聖教序》「隆替」注引《說文》：「替，廢也。竝兩立，一偏下曰替。」

二徐本皆訓：「廢。一偏下也」。

案：《六書故》第九引唐本作「廢也」，《玉篇》、《爾雅·釋言》、《詩·楚茨召旦》傳、《離騷》注、僖七年、二十四年《左傳》杜注並同。《曲禮》「立毋跛」注云：「跛偏任也。」疏云：「雙足並立不得偏也」。許君所謂一偏下者，即有一邊不下，雙足不能並立也，若今本則脫誤多矣。

囟　部

囟　卷三十玄應撰《寶雲經音義》「頂囟」注引《說文》：「頭會腦蓋顖空也。」

二徐本:「頭會腦蓋也。象形。」

案:段注云:「玄應引有額空二字,額空謂額腔也。」其說足證玄應所引爲古本所有也。

心 部

怡　卷二十《寶星經》「怡悅」注引《說文》:「從心,台聲。」

案:二徐本訓「和也」,慧琳未引訓義。

惲　卷八十《大唐內典錄》「玄惲」注引《說文》:「從心,軍聲。」

案:二徐本訓「重厚也」,慧琳未引訓義。

慧　卷九十《高僧傳》「慧璩」注引《說文》:「從心,彗聲。」

案:二徐本訓「儇也」,慧琳未引訓義。

恢　卷三十四《造立形像福報經》「恢上」注引《說文》:「從心,灰聲。」卷四十五、卷八十二引同。

案:二徐本訓「大也」,慧琳凡三引皆未引訓義。

懘　卷九十五《弘明集》「忉懘」注引《說文》:「極也。從心,帶聲。」

二徐本:「高也。一曰:極也。一曰:困劣也。從心,帶聲。」

案:慧琳未引全文。

愙　卷十七《如幻三昧經》「恭愙」注引《說文》:「從心,客聲。」卷十五、卷七十七引同。

二徐本:「敬也。從心,客聲。《春秋傳》曰:以陳備三愙。」

案:慧琳未引訓義。

恃　卷三十《寶雨經》「怙恃」注引《說文》:「從心,寺聲。」

案:二徐本訓「賴也」,慧琳未引訓義。

悟　卷八十九《高僧傳》「憨悟」注引《說文》:「覺也。猶明憭也。從心,吾聲。」

二徐本:「覺也。從心,吾聲。」

案:「猶明憭」係慧琳所加注釋語,非許書古本如是。

憮　卷九十六《弘明集》「憮然」注引《說文》:「愛也。一曰:不動也。從心,無聲。」

二徐本:「愛也。韓、鄭曰憮。一曰:不動。從心,無聲。」

案:慧琳未引「韓鄭曰憮」四字。

懋　卷二十《寶星經》「爰懋」注引《說文》:「盛也。從心,楙聲。」

二徐本:「勉也。從心,楙聲。《虞書》曰:時惟懋哉。」

案:慧琳先引郭注《爾雅》云:「勉也。」次引《說文》:「盛也。」並云:「或

從艸作茂，訓用亦同。」又艸部「茂」訓「艸豐盛」，又卷九十二「聲懋」注引《尚書》孔注云：「猶勉也。與楙字義同。」又引《說文》：「從心，楙聲。」林部「楙」：「木盛也」，此可證懋字古有訓「盛」第二義，今本僅存第一義，《文選‧西征賦》：「先哲以長懋」注引《說文》：「懋，盛也。」可證有此一訓。

懕　卷八十八《釋法琳本傳》「懕懕」注引《說文》：「從心，厭聲。」
　　二徐本：「安也。從心，厭聲，《詩》曰：懕懕夜飲。」
　　案：慧琳未引訓義。

恤　卷四十一《六波羅蜜多經》「賑恤」注引《說文》：「從心，血聲。」
　　案：二徐本訓「憂也」，慧琳未引訓義。

懽　卷八十一《集神州三寶感通錄》「懽慘」注引《說文》：「喜樂也。」
　　二徐本：「喜歀也。從心，雚聲。《爾雅》曰：懽懽愮愮，憂無告也。」
　　案：欠部曰：「歡者，喜樂也」，「懽」與「歡」音義皆同，竊疑二徐本「歀」字當爲「樂」之譌。

悆　卷六《大般若經》「病悆」注引《說文》：「豫也。從心，余聲。」
　　二徐本：「忘也。嗞也。從心，余聲。《周書》曰：有疾不悆。悆，喜也。」
　　案：慧琳引《考聲》云：「悆，安也。」《韻集》云：「天子疾曰不悆。」《尚書》云：「有疾不悆。孔曰不悅豫也。」是「悆」之訓「豫」引證甚明，今本作「忘也」，段氏云：「此義未聞，恐有譌字。」或即「豫」字一訓也。

悊　卷九十三《續高僧傳》「咸悊」注引《說文》：「從心至聲。」
　　案：二徐本訓「恨也」，慧琳未引訓義。

懱　卷二《大般若經》「不懱」注引《說文》：「輕傷也。從心，蔑聲。」卷十六、卷八十引同。
　　二徐本：「輕易也。從心，蔑聲。《商書》曰：以相陵懱。」
　　案：慧琳凡三引皆作「輕傷也」，蓋古本如是。段氏注云：「易當作傷，人部曰：傷，輕也。」可證今本「易」爲「傷」之誤，由此亦可窺段注本之精審。

愉　卷七十五《五門禪經要用法》「憺愉」注引《說文》：「從心，俞聲。」卷八十三、卷九十一、卷九十七引同。
　　二徐本：「薄也。從心，俞聲。《論語》曰：私覿，愉愉如也。」
　　案：慧琳未引訓義。

悍　卷五十一《成唯識論》「悍表」注引《說文》：「勇也。從心，旱聲。」卷八十九、卷九十二引同。卷九十四引作「柢也」。
　　案：慧琳卷五十一、卷八十九、卷九十二皆引同今本，卷九十四引作「柢也」，

當係誤字無疑。

態　卷十五《大寶積經》「變態」注引《說文》:「恣也。從心，能聲。」

二徐本:「意也。從心，從能。」

案:《說文》:「姿，態也」,「態」慧琳引《說文》訓「恣也」，正合許書互訓之例。「能」音「耐」，是古本作「能聲」不作「從能」。

惰　卷十一《大寶積經》「懶惰」注引《說文》:「不敬也。從心，隋聲。」卷十二、卷十九、卷二十四引同。卷四十一引《說文》:「從心，隋聲。」

案:慧琳屢引皆同小徐本，大徐作「嫷省」非是。

恣　卷四十一《六波羅蜜多經》「恣其」注引《說文》:「縱心也。從心，次聲。」

二徐本:「縱也。從心，次聲。」

案:縱、恣屬心而言，後人以其義廣遂刪「心」字，如「怏」《音義》引作「心不服也」,「惢」字《音義》引作「心服也」，今本皆奪失「心」字，是其證也。

惛　卷二十《寶星經》「惛悶」注引《說文》:「不憭也。從心，昏聲。」卷六十六、卷八十九引同。

卷五十一引作「愵也」。

案:卷二十、卷八十九、卷六十六皆引同二徐本。卷五十一引作「愵也」係涉上文「怋」字訓義而誤。

悁　卷五十五《佛說長者音悅經》「悁疾」注引《說文》:「從心，肙聲。」

二徐本:「忿也。從心，肙聲，一曰:憂也。」

案:慧琳未引訓義。

惡　卷一《大般若經》「暴惡」注引《說文》:「不善也，過也。」

二徐本:「過也。從心，亞聲。」

案:「不善也」之訓見於《玉篇》，竊疑慧琳此引係雜揉《玉篇》而出者。

怏　卷二十五《大般涅槃經》「悵怏」注引《說文》:「不服也。」卷八十三引《說文》:「不服皃也。」

卷九十七《廣弘明集》「悒怏」注引《說文》:「不服懟也。從心，央聲。」

案:卷九十七引同二徐本。懟，怨也，「不服懟」三字連文不可解，段氏以爲當作「不服也，懟也」，此說極是。

悵　卷四《大般若經》「惆悵」注引《說文》:「悵，悵望也。」卷十四引《說文》:「悵，即悵望也。」

二徐本:「望恨也。從心，長聲。」

案:慧琳兩引皆作「悵望也」，本部「恨，怨也」,「望」字本訓「出亡在外望其

還也」，所謂悵望，亦悲愁懊惱而已，未至於恨怨也，慧琳引作「悵望」正合古義。

慘　卷十一《大寶積經》「慘厲」注引《說文》：「毒也。從心，參聲。」卷十八、二十四、卷五十七、卷八十二引同。

卷六十八《大毗婆沙論》「慘厲」注引《說文》：「憂也，恨兒也。」

案：卷十一等五引皆同二徐本。《集訓》云：「媂恨也。」《韻英》云：「憂感也。」《爾雅》云：「憂也、慍也。」以上三書訓義慧琳屢引及之，竊疑卷六十八所引係雜揉三書而出者。

慽　卷十四《大寶積經》「悒慽」注引《說文》：「憂懼也。」

二徐本：「憂也。從心，戚聲。」

案：慧琳引《論語》鄭注：「多憂懼也。」可證「慽」字不專訓「憂」，小徐引《左傳》：「晉人慽憂以重我。」故刪「懼」字。

懾　卷三十三玄應撰《六度集經》「懾驚」注引《說文》：「心服也。」

二徐本：「失气也。從心，聶聲。一曰：服也。」

案：「怏」下二徐本作「不服也」，《音義》引作「心不服也」，此「服」上當亦有「心」字。

憚　卷二十《寶星經》「不憚」注引《說文》：「忌嫉也。從心，單聲。」卷三、卷六、卷八十四引同。卷四、卷八、卷六十三引作「疾也」。卷二十九、卷九十二引作「忌惡也」。

二徐本：「忌難也。從心，單聲。一曰：難也。」

案：慧琳凡四引作「忌嫉也」，三引作「疾也」，節去「忌」字，可證古本作「忌嫉也」。又兩引作「忌惡也」，亦即「忌嫉」之意，今二徐本「嫉」作「難」，恐非。丁福保云二徐本「嫉」誤作「難」宜據改。

惕　卷三十《佛說無崖際持法門經》「驚惕」注引《說文》：「驚也。從心，易聲。」

二徐本：「敬也。從心，易聲。」

案：《文選·射雉賦》注引作「驚也」，薛綜注〈東京賦〉亦訓「惕」為「驚」，可證古本如是。

慴　卷八十八《釋法琳本傳》「悚慴」注引《說文》：「從心，習聲。」

案：二徐本訓「懼也」，慧琳未引訓義。

怵　卷九十八《廣弘明集》「怵心」注引《說文》：「從心，朮聲。」

案：二徐本訓「恐也」，慧琳未引訓義。

惙　卷二十九《金光明經》「惙然」注引《說文》：「從心，叕聲。」

案：二徐本訓「憂也」，並引《詩》曰：憂心惙惙。一曰：意不定也。慧琳未引訓義。

悱　卷八十三《玄奘傳》「悱悱」注引《說文》：「從心，非聲。」

大徐新附：「口悱悱也。從心，非聲。」

案：慧琳引《字書》：「悱悱，心欲拇。」《論語》云：「心憤憤口悱悱」，《廣韻》亦作「口悱悱也」，與大徐新附訓義同，此字蓋無二訓，許書古本如是。

懌　卷八十三《玄奘傳》「不懌」注引《說文》：「悅懌也。從心，睪聲。」

大徐新附：「說也。從心，睪聲。經典通用釋。」

案：「說」即「悅懌也」，慧琳所引與大徐新附同義，可證許書古本有此字。

僂　卷九十八《廣弘明集》「僂僂」注引《說文》：「僂謂謹敬皃也。從心，婁聲。」

二徐本無「僂」字。

案：《韻會》：「僂僂，謹敬之皃。」正與慧琳所引合，許書古本或有此字。

心　部（以下諸字引同二徐本，存而不論）

恉　卷三十九《不空羂索經》「意恉」注引《說文》：「意也。從心，旨聲。」

惇　卷九十五《弘明集》「惇厖」注引《說文》：「厚也。從心，享聲。」

忼　卷四十九《攝大乘論》「忼慨」注引《說文》：「慨也。從心，亢聲。」

慨　卷四十九《攝大乘論》「忼慨」注引《說文》：「忼慨壯志不得志也。從心，既聲。」

憭　卷九十《高僧傳》「猶憭」注引《說文》：「慧也。從心，尞聲。」

恬　卷三十九《不空羂索經》「恬默」注引《說文》：「安也。從心，甛省聲。」

懼　卷四十一《六波羅蜜多經》「怯懼」注引《說文》：「恐也。從心，瞿聲。」

怙　卷五十四《佛說水沫所漂經》「依怙」注引《說文》：「恃也。從心，古聲。」

悛　卷九十五《弘明集》「不悛」注引《說文》：「止也。從心，夋聲。」

憺　卷三十二《佛說大淨法門品》「憺怕」注引《說文》：「安也。從心，詹聲。」

怕　卷三十二《佛說大淨法門品》「憺怕」注引《說文》：「無爲也。從心，白聲。」

戇　卷八十六《辯正論》「昏戇」注引《說文》：「愚也。從心，贛聲。」

怪　卷九十四《續高僧傳》「可怪」注引《說文》：「異也。從心，圣聲。」

懈　卷七十九《經律異相》「懈厭」注引《說文》：「怠也。從心，解聲。」

憧　卷七十九《經律異相》「忪忪」注引《說文》：「意不定也。從心，童聲。」

像　卷三十五《一字頂輪王經》「縱像」注引《說文》：「放也。從心，象聲。」

悸　卷五十七《佛說出家緣經》「驚悸」注引《說文》：「心動也。從心，季聲。」卷七十四、卷七十六、卷七十八、卷八十一、卷八十九、卷九十八引同。

憒　卷八十三《玄奘傳》「愁憒」注引《說文》：「亂也。從心，貴聲。」

懟　卷九十九《廣弘明集》「高懟」注引《說文》：「怨也。從心，對聲。」

懣　卷八十七《破邪論》「憤懣」注引《說文》：「煩也。從心，滿聲。」

愾　卷九十五《弘明集》「愾然」注引《說文》：「大息也。從心，氣聲。」

懆　卷六十二《根本毗奈耶雜事律》「憂懆」注引《說文》：「愁不安也。從心，喿聲。」

愍　卷四十一《六波羅蜜多經》「憐愍」注引《說文》：「痛也。從心，敃聲。」

恇　卷八十二《西域記》「恇怯」注引《說文》：「怯也。從心，匡聲。」

慙　卷八十八《集沙門不拜俗議》「慙惕」注引《說文》：「媿也。從心，斬聲。」

怍　卷八十八《集沙門不拜俗議》「愧怍」注引《說文》：「慙也。從心，乍聲。」

恧　卷九十《高僧傳》「恧焉」注引《說文》：「慙也。從心，而聲。」

《一切經音義》引《說文》考　第十一

水　部

蕩　卷四十五《寂照神變三摩地經》「焚蕩」注引《說文》：「從水，募聲也。」卷八十引同。

　　二徐本：「水。出河內蕩陰，東入黃澤。從水，募聲。」

　　案：卷二十一慧苑撰《大方廣佛華嚴經音義》「心馳蕩」下云：「《說文》曰：蕩，放恣也。」二徐本無此解。又云：「蕩字正宜作惕。經本作蕩者，時共通用。古體又作婸、愓二體也。」此引乃通用之義非謂許書本文如此，攷心部「惕，放也，一曰：平也」；又「愓，放也」；是「放蕩」當作「放惕」、「放愓」、「放婸」。「蕩平」當作「惕平」；「坦蕩」當作「怛惕」。自通用「蕩」，經典中遂罕見「惕」、「愓」二字，許書「婸」字亦遂逸失矣。又「瀁，水瀁瀁也」，「瀁」讀若「蕩」，是「蕩瀁」當作「瀁瀁」，亦其旁證也。

濽　卷六十二《根本毘奈耶雜事律》「不濽」注引《說文》：「汙灑也。一云：水濽人也。從水，贊聲。」卷五十九注引《說文》：「汙灑也。」

　　二徐本：「汙灑也。一曰：水中人也。從水，贊聲。」

　　案：《史記》：「五步之內以血濽大王衣。」「濽」字即「濽」字。卷三十八「濺灑」注慧琳曰：「《考聲》云：濺，散水也。《說文》正體從贊作濽。濽，汙灑也。」段注、二徐并云「一曰：水中人也。」段玉裁云：「中讀去聲，此與上文無二義而別之者，此兼指不污者言也，上但云灑則不中人。」此說甚為牽強，不知原本作「濺」也，《廣韻》亦云：「水濺也。」可證慧琳所引為許書古本。

派　卷八十七《甄正論》「派其」注引《說文》：「別水也。從、水厎，厎亦聲。」

　　二徐本：「別水也。從水，從厎，厎亦聲。」

案：二徐本與卷八十七引同，卷十三、六十四、七十二、八十引作「水之衺別流也。」卷六十一、九十一、九十三引：「從反永」，以上八卷所引皆「辰」說解，不能謂許書無「派」字，或「派」爲「辰」之別體，而誤逯於水部也。

泓　卷五十七《佛說弟子死復生經》「淵泓」注引《說文》：「下深大也。從水，弘聲。」卷十、卷八十、卷八十九、卷九十九引同。

卷五十五《禪秘要法經》「泓然」注引《說文》：「深大皃。從水，弘聲。」

二徐本：「下深皃。從水，弘聲。」

案：《文選・吳都賦》李善注引《說文》：「下深大也。」可證慧琳卷十、卷五十七、卷八十、卷八十九、卷九十九引爲許書原本。

沙　卷四十一《六波羅蜜多經》「沙鹵」注引《說文》：「水散石也。從水，從少。水少則沙見也。」

大徐本：「水散石也。從水，從少。水少沙見。」

小徐本：「水散石也。從水，少聲。水少沙見也。」

案：《詩・鳧鷖》《正義》引：「水中散石也，水少則沙見。」慧琳所引與《正義》合。

澹　卷七十四《佛本行讚傳》「澹潤」注引《說文》：「水搖動也。」

二徐本：「水搖也。」

案：《文選・東京賦》李善注引《說文》：「澹澹，水搖皃也。」〈高唐賦〉注引同，段注即據此訂正，似以段說爲是。

淵　卷一百《肇論序》「淵海」注引《說文》：「回水也。從水，象形，水在左右岸中也。古作囦。或省水作開。」

大徐本：「回水也。從水，象形。左右岸也，中象水皃。」

小徐本：「回水也。從水，開象形。左右岸也，中象水也。」

案：卷五十七引作「深泉也。從水，開聲。」卷八十八引作「水深也。從水，開聲。」卷三十九引作「回水也。從水象形。」以上所引或慧琳綴以己意，或未引全文，卷一百所引與二徐本大同小異，而較二徐本簡明，當是古本如是。

汲　卷十七《如幻三昧經》「汲引」注引《說文》：「引水也。從水，及聲。」卷二十八、卷三十四、卷四十一、卷五十九引同。卷八十六未引訓義，云：「從水，及聲。」

二徐本皆作「引水於井也。」

案：《玉篇》、《文選注》、玄應《音義》皆引作「引水也。」無「於井」二字與慧琳引同，可證二徐本「於井」二字爲衍文，段氏即據此以訂正之。

潢　卷五十八《十誦律》「潢池」注引《說文》:「久積水池也，大曰潢，小曰洿。」
　　二徐本皆作「積水池也。」
　　案:卷六十七玄應《音義‧阿毘婆沙論》「潢水」注引《說文》:「久積水池也。
　　大曰潢，小曰洿。洿，濁水也。」由是可知慧琳、玄應所見《說文》古本如是。

洶　卷八十三《玄奘法師傳》「洶湧」注引《說文》:「即涌也，謂水波騰皃。」卷九
　　十九引同。
　　二徐本作「涌也。」
　　案:《文選‧高唐賦》李善注引《說文》:「洶洶涌也，謂水波騰皃。」段注據此
　　補「洶洶」二字，是許書古本如是，應以《文選注》引爲是。

激　卷十八《大集地藏十輪經》「水激」注引《說文》:「水礙衺疾波也。」卷六十八
　　引同。卷八十十四未引訓義。
　　卷三十六《金剛頂大教王經》「搖激」注引:「水礙也，即疾波也。從水，敫聲
　　也。」
　　卷二十九、卷五十三、卷六十六皆未引全文。
　　大徐本:「水礙，衺疾波也。從水，敫聲。」
　　小徐本:「水礙也，疾波也。從水，敫聲。」
　　案:小徐本、慧琳卷三十六引礙下「也」字爲「衺」字之譌，卷三十六引「即」
　　字爲衍文，應以慧琳卷十八引及大徐本爲是。

淤　卷五十《決定藏論》「青淤」注引《說文》:「澱滓也。從水，於聲。」卷十六、
　　卷四十七引同。
　　二徐本:「澱滓濁泥也。從水，於聲。」
　　案:《後漢書‧杜篤傳》注引《說文》:「澱滓也」，無「濁泥」二字，引與慧琳
　　同，可見許書古本如是。《釋名》云:「泥之黑者曰滓。」「淤」但訓「澱滓」於
　　義已明，二徐本未若慧琳所據本爲簡明也。

滲　卷十八《十輪經》「滲漏」注引《說文》:「水下漉也。」
　　大徐本:「下漉也。」
　　小徐本:「下漉也。一曰:水下皃。」
　　案:《文選‧封禪書》注引《說文》:「漉水下皃。」《廣韻》亦引:「一曰水下皃。」
　　「滲」「漉」互訓應有「水」字，應以慧琳所引爲是。

泯　卷五十一《唯識論》「又泯」注引《說文》:「從水，民聲」。卷八十五、卷九十
　　五引同。
　　大徐本列於新附:「滅也。從水，民聲。」

案：《毛詩傳》云：「泯，滅也。」《爾雅》云：「泯，盡也。」玄應《音義》《彌勒成佛經》「泯然」注引與慧琳同，是玄應、慧琳所據本相同，許書古本當有此字。

泄　卷八十七《崇正錄》「發洩」注引《說文》：「從水，曳聲。亦作泄。」

　　二徐本無「洩」字。

　　案：泄為水名。慧琳引《廣雅》：「洩，漏也。」《左傳》：「言語漏洩」即《廣雅》「洩漏也」之義。《韻會》「泄」下云：「或作洩」，竊疑慧琳所據《說文》「泄」下當有重文又一義也。

沂　卷八十《大唐內典錄》「臨沂」注引《說文》：「沂水出東泰山南入泗。」

　　二徐本：「沂水出東海費東、西入泗。」

　　案：《水經》云：「沂水出東泰山蓋縣艾山，南過瑯琊臨沂縣東，又南過開陽縣東，又東過襄賁縣東，屈從縣南西流，又屈南過剡縣西，又南過良成縣西，又南過下邳縣西南入於泗。」段注《說文》：「西入泗，疑當作南入。」說與慧琳合，應從之。

濡　卷五十一《大丈夫論》「調濡」注引《說文》：「濕也。從水，需聲。」卷三十一、卷四十三未引訓義。

　　二徐本：「水出涿郡故安東入漆涑。從水，需聲。」

　　案：《韻會》「濡」下引《說文》有「一曰：霑濕也」，疑許書古本有「一曰」而今本奪去矣。

渤澥　卷八十四《集古今佛道論衡》「渤澥」注引《說文》：「渤澥，海之別名也。」又：「《說文》二字並從水，勃、解並聲。」卷九十七引：「渤澥，東海名也，並從水，勃、解皆聲。」

　　二徐本無「渤」字，「澥」下云：「郣澥，海之別名也。從水，解聲。」

　　案：慧琳卷八十四引正與二徐本合，或所據本同也。《文選》司馬相如〈子虛賦〉：「光浮渤澥」是也。郭璞注：「應劭曰：渤澥，海別枝也。」可證渤、澥二字並從水。

漠　卷八十九《高僧傳》「昏漠」注引《說文》：「漠，謂北方幽冥沙漠也。從水，莫聲。」卷七十八、卷九十五未引訓義。

　　二徐本：「北方流沙也。」

　　案：《漢書》假「幕」為「漠」：「李陵歌曰：經萬里兮渡沙幕。」注：「匈奴之南界，字從莫，莫曰且冥也，故曰：幽冥沙漠。」義與慧琳所據本同。

汪　卷三十二《大灌頂經》「汪池」注引《說文》：「深廣也。從水，王聲。」卷一百

《肇論序》「汪哉」注引作：「水深廣也。」

二徐本：「深廣也。從水，王聲。」

案：慧琳卷三十二引與二徐本同，竊疑卷一百引「水」字爲衍文也。

漣漪　卷九十九《弘明集》「漣漪」注引《說文》云：「漣漪，水波也，並從水。連、猗皆聲也。」卷九十六「流漣」注引：「從水，連聲。」卷九十八「淪漪」注引：「從水，猗亦聲。」

二徐本：「大波爲瀾。從水，闌聲。瀾或從連。」

二徐本無「漪」字。

案：慧琳引《毛詩》曰：「河水清且漣漪。」《傳》曰：「風行而水成文曰漣。」又《傳》曰：「漪，謂重波也。」《文選・吳都賦》：「濯明月於漣漪」，劉淵林注：「《詩》曰：『河水清且漣漪』，……清且漣漪者，水極麗也。」《爾雅・釋水》引作：「河水清且瀾漪」，可證「漣」與「瀾」爲一字，亦古有「漪」字之證也。

潦　卷十九《大集須彌藏經》「潦溢」注引《說文》：「雨水也。從水，尞聲。」卷二十引同。

二徐本：「雨水大皃。從水，尞聲。」

案：《文選・陸士衡贈尚書郎顧彥先詩》：「黃潦浸階除」注：「《說文》曰：潦，雨水也。」《詩・采蘋》《正義》注引同。《曲禮》《釋文》：「一曰：雨水謂之潦。」可證許書古本無「大皃」二字。

湊　卷三十《持人菩薩經》「至湊」注引《說文》：「聚也，水上人所會也。從水，奏聲。」卷九十引：「聚也。」卷三十九引：「水上所會也。從水，奏聲。」

二徐本：「水上人所會也。從水，奏聲。」

案：王逸《楚辭》注，《廣韻》并釋作「聚也」，與慧琳《音義》兩引同，可見《說文》有「聚也」二字，二徐或係以其爲引申義而奪去也，應以卷三十引爲是。

汎　卷四十一《六波羅蜜多經》「汎漲」注引：「浮也。從水，凡聲。」卷二十五引同。

二徐本：「浮皃。從水，凡聲。」

案：《國語・晉語》：「汎舟於河。」注：「浮也。」與慧琳所據本合。

汰　卷八十一《三寶感通傳》「沙汰」注引《說文》：「汰謂濤淅簡擇也。從水，太聲。」卷八十四、卷九十三未引訓義。

卷九十九《廣弘明集》「沙汰」注引《說文》：「瀾也，瀾亦洗也。從水，太聲。」

二徐本：「淅，瀾也。從水，大聲。」

案：瀄，淅也；淅，汰米也。《廣雅》云：「汰，洗也。」《淮南子》曰：「深則汰五藏。」二徐本訓「淅，瀄也」，其義相貫，當爲許書本訓。卷八十一引或係引申之語。卷九十九引與《廣雅》并二徐本義合。

瀹　卷九十五《弘明集》「爛籥」注引《說文》：「漬也。從水，龠聲。」卷九十五引同。

二徐本：「漬也。從水，龠聲。」

案：慧琳引劉熙云：「瀹，通利之器也。」《韻會》引小徐本：「一曰：水皃也。」又「疏瀹，開滌也。」《莊子》：「疏瀹其心也」，凡此皆有訓「清」之義。水部「漬，漚也」；「漚，久漬也」，二字互訓，瀹如訓「漬」當列其間，今其次爲瀹，「瀹，漬也」，其義同故相次也。慧琳引《文字典說》：「漬也。從水，龠聲。」與二徐本同，竊疑二徐係以《文字典說》訓義誤入《說文》。

涌　卷一《大般若經》「等涌」注引《說文》：「滕也。從水，甬聲。」卷十三、卷六十三、卷八十三引同。卷十九、卷二十、卷三十一、卷三十二、卷四十四、卷五十三未引訓義。

卷四十「涌沸」注引作：「涌，水騰上也。從水，甬聲。」

二徐本：「滕也。從水，甬聲。一曰：涌水。在楚國。」

案：慧琳五引皆與二徐本同，應以卷一所引爲是，卷四十引或係慧琳綴以己意也。

溼　卷一百《安樂集》「鑽溼木」注引《說文》：「幽，溼也。從一。一，覆也。覆土而有水，故溼也。从㬎省。」卷四十、卷七十八引同。

卷八十二、卷九十引：「幽，溼也。」

卷四十一引：「從水一覆土而有水，故溼也。」

大徐本：「幽溼也。從水，一所以覆也。覆而有土，故溼也。㬎省聲。」

小徐本：「幽溼也。從一覆也。從㬎省聲。」段注本同此。

案：「溼」字二徐所引固屬不同，《音義》所引亦多大同小異，足證傳寫紛亂未有定本，就《音義》所引觀之，以卷十爲最完善，卷一百「從㬎省聲」與二徐本合，段本從小徐本，蓋以其文從字順易曉也。

溉　卷二十《華嚴經》「溉灌」注引《說文》：「灌注也。」卷四十六引同。

卷五、卷六十八、卷七十八皆引：「亦灌也。」卷六十六引：「猶灌也。」卷五十九引：「溉，灌也。灌注也。」

二徐本：「水。出東海桑瀆覆甑山，東北入海。一曰：灌注也。從水，既聲。」

案：卷二十、卷四十六引與二徐本「一曰」合，《音義》引有「亦」字、「猶」

字者，非直引許書本文，應從卷二十、卷四十六所引。

澍　卷二十七《妙法蓮花經》「等澍」注引《說文》：「上古時雨，所以澍生萬物也。」
卷十一《大寶積經》「流澍」注引《說文》：「時雨澍生萬物。從水，尌聲。」卷
三十九引同。卷三十二、卷三十四、卷四十一、卷四十五、卷十九引《說文》：
「時雨所以澍生萬物者也。從水，尌聲。」卷三十八未引訓義。

二徐本：「時雨澍生萬物。從水，尌聲。」

案：卷十一、卷三十九引與二徐本同，是所據本相同也。《尸子》：神農氏天下
欲雨則雨，五日為行雨，五日為穀雨，五日為時雨。桂馥曰：「此即上古之時雨
也。」卷二十七引即本乎此。

滅　卷五十一《大乘百法論》「擇滅」注引《說文》：「盡也。從水，威聲。」
卷七《大般若經》「殄滅」注引：「盡也。從水、從戌、從火。戌是火墓，戌中
有相，水滅火，故從水從戌。」卷十一引同而無「戌中有相」四字，并云會意
字也。

二徐本：「盡也。從水，威聲。」

案：卷五十一引與二徐本同，是《說文》古本如是。《說文》「戌」下云：「滅也。
九月。陽气微，萬物畢成，陽下入地也。五行土生於戊，盛於戌。」火部「威」
下云：「滅也。從火、戌。火死於戌，陽气至戌而盡。」「戌」、「威」二字說解
與卷七、卷十一引「滅」字頗相發明，竊疑此係慧琳綴以己意也。

減　卷十一《大寶積經》「缺減」注引《說文》：「損也。」
卷十六《須摩提菩薩經》「缺減」注引：「損也。從水，咸聲。」卷三十一、卷
三十二、卷五十一引同。卷五十四、卷七十八未引訓義。
卷三十四《八吉祥神呪經》「缺減」注引：「少也。從水，咸聲也。」

二徐本：「損也。從水，咸聲。」

案：卷十一、卷十六、卷三十一、卷三十二、卷五十一皆引與二徐本同，是許
書古本如是。

濫　卷六十三《根本律攝》「僞濫」注引《說文》：「瀆也。從水，監聲。」
卷七十二《顯宗論》「無濫」注引《說文》：「失評之濫也。從水，監聲也。」

二徐本：「氾也。從水，監聲。一曰：濡上及下也。《詩》曰：畢沸濫泉。一曰：
清也。」

案：慧琳先引顧野王云：「亦汎濫也。」《考聲》云：「濫，假也、不謹也、失也、
盜也。」次引《說文》，眾義紛陳，不可解，存疑可也。

泫　卷一《聖教序》「泫其」注引《說文》：「流也。從水，玄聲。」卷三十七未引訓

　義。

　　大徐本：「瀿流也。從水，玄聲。上黨有泫氏縣。」

　　小徐本：「泫，瀿流水。從水，玄聲。上黨有泫氏縣。」

　　案：慧琳先引《韻詮》云：「草露水光也。」《考聲》：「困，泫水皃。」水部「瀿，水流瀿瀿也。」皆無涉於「泫」字之義，二徐本各有衍字，應從慧琳所引。

濃　卷十六《大方廣三戒經》「濃厚」注引《說文》：「露水多也。」

　　二徐本：「露多也」。

　　案：慧琳引與二徐本義合，惟二徐本無「水」字，疑二徐本奪一「水」字。

滴　卷三《大般若波羅蜜多經》「滴數」注引《說文》：「水㲚注也。從水，啻聲。」
　　卷十三、十九、二十、二十九、三十、四十一、八十、八十九引皆同此。

　　二徐本：「水注也。從水，啻聲。」

　　案：㲚，漏流也。「滴」字接於其下，以其義近故相次也，應以慧琳所據本為是。

澡　卷十五《大寶積經》「澡罐」注引《說文》：「洒手也。從水，喿聲。」
　　卷六十、卷六十四、卷六十九、卷七十八皆引作：「洗手也。」

　　二徐本：「洒手也。從水，喿聲。」

　　案：應以二徐本為是。後人往往以「洗」代「洒」、「滌」字，卷六十、卷六十四、卷六十九、卷七十八引作「洗手也」，殆係後傳寫所誤。

決　卷二《大般若經》「決澤」注引《說文》：「水行流也。從水，夬聲。」

　　大徐本：「行流也。從水夬。」

　　小徐本：「行流也。從水，夬聲。」

　　案：二徐本皆奪「水」字，慧琳引「從水夬聲」與小徐本同，《韻會》引小徐本亦有「聲」字，可證許書古本確作「夬聲」。

漏　卷十八《十輪經》「滲漏」注引《說文》：「以銅器盛水，漏下分時，晝夜共為百刻。」

　　二徐本：「以銅受水刻節，晝夜百刻。從水，屚聲」。

　　案：慧琳引與二徐本大同小異，而較二徐本語意完整，應以慧琳所據本為是。

泣　卷二十七《妙法蓮花經》「涕泣」注引：「無聲出淚曰泣。」

　　二徐本：「無聲出涕曰泣。」

　　案：涕者，目液也。《說文》無「淚」字，應以二徐本為是。

涕　卷七十四《佛本行讚》「涕泣」注引《說文》：「目液也。」
　　卷八十「涕泗」注未引訓義，云：「從水，弟聲。」

　　二徐本：「泣也。從水，弟聲。」

案：《毛詩傳》曰：「自目出曰涕。」應以慧琳所引爲是。段玉裁云：「『泣也』二字當作『目液也』三字，轉寫之誤也。」可證慧琳所據本爲《說文》古本。

泔　卷五十九《四分律》「泔汁」注引《說文》：「潘也。謂米汁也。」

二徐本：「周謂潘曰泔，從水、甘。」

案：潘，析米汁也。《說文通訓定聲》云：「泔，析米汁也。」慧琳引與各本義同。

湍　卷八十五《辯正論》「河湍」注引《說文》：「瀨也。從水，耑聲。」

二徐本：「疾瀨也。從水，耑聲。」

案：《字書》云：「湍，急瀨也。」許叔重注《淮南子》云：「湍，疾水也。」是慧琳所引奪一「疾」字。

濤　卷八十三《玄奘傳》「洪濤」注引《說文》：「潮水涌起也。從水，壽聲。」卷四十一未引訓義。

大徐列於新附：「大波也。從水，壽聲。」小徐本無。

案：慧琳引《蒼頡篇》：「大波也。」與大徐新附同，竊疑大徐即據此校入新附也。

泛漲　卷八十四《集古今佛道論衡》「泛漲」注引《說文》：「二字並從水，乏、張並聲。」

二徐本：「泛，浮也。從水，乏聲。」

二徐本無「漲」字。

案：慧琳引《國語》賈逵注：「泛，浮也。」與二徐本同。《考聲》云：「漲，水增大也，沙岸延入水也。」郭璞〈江賦〉注：「漲，水大皃。」是古有「漲」字，後轉寫奪出。

沼　卷十八《地藏十輪經》「池沼」注引《說文》：「沼，即池之異名也。」卷三十、卷五十三皆未引訓義作「從水，召聲。」

大徐本：「池水。從水，召聲。」

小徐本：「池也。從水，召聲。」

案：慧琳引與小徐本義同，大徐本作「池水」非是。

洫　卷七十五《道地經》「依洫」注引《說文》：「十里爲地，地廣八尺、深八尺謂之洫，從水，血聲。」

二徐本：「十里爲成，成閒廣八尺、深八尺謂之洫。從水，血聲。」

案：〈考工記・匠人〉：「方十里爲成，成閒廣八尺、深八尺謂之洫。」段注《說文》亦作：「方十里爲成。」應以二徐本爲是。

－223－

澗　卷六十六《阿毘達磨法蘊足論》「溪澗」注云：「《詩傳》云：山夾水曰澗也，《說文》義與《詩傳》同。從水，間聲。」

二徐本：「山夾水也。從水，間聲。」

案：《說文》「澗」義與《毛詩傳》同。

淪　卷十一《大寶積經》「沉淪」注引《說文》：「沒也。從水，侖聲。」

大徐本：「小波爲淪，從水，侖聲。《詩》曰：河水清且淪漪。一曰：沒也。」

小徐本無「也」字。

案：慧琳未引全文。

溝　卷二十《寶星經》「溝坑」注引《說文》：「水瀆也。從水，冓聲。」卷九十一引同。卷八十六未引訓義。

卷二十七《妙法蓮花經》「溝壑」注引《說文》：「水瀆也，廣深四尺曰溝。」

大徐本：「水瀆廣四尺深四尺。從水，冓聲。」

小徐本：「水瀆廣四赤深四赤。從水，冓聲。」

案：〈考工·匠人〉：「九夫爲井，井間廣四尺深四尺謂之溝。」慧琳引與大徐本義同。小徐本「赤」字係「尺」之譌。

潛　卷一《聖教序》「潛寒暑」注引《說文》：「涉水也。從水，替聲。」卷二十九「潛身」注引《說文》：「藏也。從水，替聲。」

大徐本：「涉水也。一曰：藏也。一曰：漢水爲潛。從水，替聲。」

小徐本：「涉水也。一曰：藏。從水，替聲。一曰：漢爲潛。」

案：慧琳引與二徐本合。

溷　卷四十九《攝大乘論》「溷濁」注引《說文》：「亂也。從水，圂聲。」卷九十七引同。

二徐本：「亂也。一曰：水濁皃。從水，圂聲。」

案：慧琳引與二徐本合。

渣　卷九十九《廣弘明集》「渣沱」注引《說文》：「溢也。從水，沓聲。」

二徐本：「湇溢也。今河朔方言謂沸溢爲渣。從水，沓聲。」

案：各本皆作「湇溢也。」湇，沸湯也，慧琳所引奪一「湇」字。

沈　卷四十九《攝大乘論》「滌沈蔽」注引《說文》：「一曰：濁黕昏也。」

案：慧琳未引全文。

湞　卷八十一《神州三寶感通錄》「湞水」注引《說文》：「湞水出南陽郡蔡陽縣，東入夏口也。從水，員聲。」

二徐本：「水。出南陽蔡陽，東入夏水。從水，員聲。」

案：引與二徐本合。

汙　卷五十九《四分律》「污身」注引《說文》：「穢也。」卷六十二「污損」注引《說文》：「涂也。從水，亏聲。」卷六十三、卷五十七未引訓義。

二徐本：「薉也。一曰：小池為汙。一曰：涂也。」

案：引與二徐本合。

濯　卷五十五《佛說進學經》「洗濯」注引《說文》：「瀚也。從水，翟聲。」卷十二引同。卷七十四未引訓義。

卷十九《十輪經》「濯以」注引《說文》：「浣也。從水，翟聲。」卷三十八、卷六十七、卷七十七、卷八十二、卷九十二引同。

二徐本：「瀚也。從水，翟聲。」

案：「浣」為「瀚」之或體，應以卷五十五引為是。

㴒　卷六十三《根本律攝》「㴒流」注引《說文》：「水欲下，違而上也。從水，從𧬊省聲也。」

二徐本：「逆流而上曰㴒洄。㴒，向也。水欲下，違而上也。從水，㡿聲。」

案：慧琳未引全文。

沒　卷十二《大寶積經》「漂沒」注引《說文》：「湛也。從水，從殳。」卷十四引同。

二徐本：「沈也。從水，從𠬛。」

案：「湛」、「沈」古今字，「沒」「湛」二字轉注，應以慧琳所引為是。

溘　卷三十四《佛為勝光天子說王法經》「溘然」注引《說文》：「從水，盍聲。」

案：大徐列於新附：「奄忽也。從水，盍聲。」是古有此字。

淄澠　卷八十四《集古今佛道論衡》「淄澠」注云：「《說文》二字並從水，甾黽並聲。」

二徐本無。

案：慧琳先引《左傳》杜注：「淄水出泰山梁父。」又：「澠水出齊國，臨甾縣北，入時水也。」《韻會》：「水名。」又：「一云通作甾」、「一云通作繩」，然作淄、作澠亦未盡泯。水部「潍」下引〈夏書〉曰：「潍淄其道。」「涂」下各本皆作：「涂水出益州牧靡南山，西北入澠。」段本改「澠」為「繩」。此二字俱存於說解，可證許書古本當有此二字。

澓　卷七十九《經律異相》「迴澓」注引《說文》：「大水迴流而旋曰澓，從水，復聲。」

二徐本無。

案：慧琳先引《韻略》：「水旋流也。」《韻會》：「澓，伏流也。」《文選》郭璞〈江賦〉：「迅澓增澆。」《集韻》：「伏流也。」可證古有此字，許書古本當有此文。

濠　卷九十七《廣弘明集》「濠上」注引《說文》：「從水，豪聲。在鍾離郡也。」卷
　　八十八未引訓義。

　　二徐本無。

　　案：《韻會》云：「濠，梁也。」顧野王云：「濠，水名也。」《莊子・秋水篇》：
　　「莊子與惠子遊於濠梁之上。」是古有此文，或慧琳所據本亦有此字。

滬　卷七十七《釋迦方志》「滬瀆口」注引《說文》：「從水，扈聲。」

　　二徐本無。

　　案：慧琳引《山海經》：「陽虛山臨于玄滬之水。」郭璞引《蒼頡篇》：「帝爲臨
　　滬水，而靈龜負書而出。」可證古有此字，慧琳所據本尚未奪矣。

潺　卷八十八《釋法琳傳》「瀺潺」注引《說文》：「水滴下小聲也。」

　　二徐本：「水小聲。從水，爵聲。」

　　案：古書多「瀺」、「潺」連文，〈上林賦〉：「瀺潺霄隊。」司馬貞引《說文》：「水
　　之小聲也。」李善引《字林》：「瀺潺，小水聲也。」段氏即據司馬貞作「水之
　　小聲也。」

澄　卷八十《大唐內典錄》「澄澄」注引《說文》：「小水也。」

　　二徐本無。

　　案：《集韻》作「小水也。」《說文》無「澄」字，慧琳所引係以《集韻》誤入
　　《說文》者也。

洪　卷八十三《玄奘傳》「洪濤」注引《說文》：「水也。從水，共聲。」卷七十九未
　　引訓義。

　　二徐本：「洚水也。從水，共聲。」

　　案：《孟子・滕文公篇》：「《書曰》：洚水警予。洚水者，洪水也。」段注《說文》
　　同二徐本，慧琳所引奪一「洚」字。

湔　卷五十七《佛說獮狗經》「湔洗」注引《說文》：「湔，浣也。從水，前聲。」

　　二徐本：「水。出蜀郡縣虒玉壘山，東南入江。從水，前聲。一曰：手瀚之。」

　　案：「浣」爲「瀚」之或體，慧琳此引未引全文。

池　卷六《大般若經》「池沼」注引《說文》：「陂也。從水，從馳省聲。」

　　二徐本無。

　　案：《初學記》引《說文》：「池者，陂也。」與慧琳所引正同，可證古有此字，
　　《說文》「陂」下：「一曰：池也」，衣部「襬」讀若池，繫之則「池」與「陂」
　　爲轉注字，慧琳、徐堅所據不誤。

（以下諸字引同二徐本，存而不論）

滋　卷十《大樂金剛理趣經》「滋澤」注引《說文》：「溢也。從水，茲聲。」卷五十三引同。

澤　卷十《大樂金剛理趣經》「滋澤」注引《說文》：「光潤也。從水，睪聲。」

淺　卷四十一《大乘理趣六波羅蜜多經》「淺深」注引《說文》：「不深也。從水，戔聲。」

浂　卷五十三《起世因本經》「浂壤」注引《說文》：「溉灌也。從水，芙聲。」卷三十九引同。

潯　卷八十八《釋法琳本傳》「星潯」注引《說文》：「旁深也。」

潰　卷七十九《經律異相》「腹潰」注引《說文》：「漏也。從水，貴聲。」卷四十二引同。卷十一、卷四十六未引全文。

涅　卷二十七《妙法蓮花經》「涅」下引《說文》：「黑土在水中者。從水、土，日聲。」卷九十、卷九十七引同。

滯　卷十九《十輪經》「疑滯」注引《說文》：「凝也。」

溓　卷九十八《廣弘明集》「河溓」注引《說文》：「薄水也。」卷八十九引：「從水，兼聲。」

濛　卷八十一《三寶感通錄》「濛雨」注引《說文》：「微雨也。從水，蒙聲。」卷九十五、卷九十七未引訓義。

渥　卷十一《大寶積經》「污渥」注引《說文》：「霑也。從水，屋聲。」

洽　卷十一《大寶積經》「潤洽」注引《說文》：「霑也。」卷十八「普洽」注引同此。

涸　卷四十一《六波羅蜜多經》「涸池」注引《說文》：「渴也。從水，固聲。」卷二十四、卷二十九、卷三十、卷四十三、卷七十六、卷九十二未引訓義，皆云：「從水，固聲。」

浚　卷十九《大方廣十輪經》「浚流」注引《說文》：「抒也。從水，夋聲。」

演　卷七十二《顯宗論》「派演」注引《說文》：「長流兒也。從水，寅聲也。」

洒　卷五十五《沙王五願經》「刮洒」注引《說文》：「滌也。從水，西聲。」

滂　卷六十八《阿毘達磨大毘婆沙論》「滂溢」注引《說文》：「沛也。從水，旁聲。」卷八十《大唐內典錄》「滂沱」注未引訓義，作：「從水，旁聲。」

湮　卷五十一《唯識二十論》「克湮」注引《說文》：「沒也。從水，垔聲。」卷九十八「湮祥」注、卷八十「湮山」注未引訓義。

洿　卷二十四《大方廣入如來智德不思議經》「洿池」注引《說文》：「濁水不流也。從水，夸聲。」卷五十三、卷九十二引同。

泜　卷八十八《釋法琳傳》「跡泜」注引《說文》：「著止也。從水，氐聲。」

消　卷四十一《大乘理趣六波羅蜜多經》「消除」注引《說文》：「盡也。從水，肖聲。」

湫　卷三十九《不空羂索經》「湫淵」注引《說文》：「隘下也。從水，秋聲。」卷四十引同。卷九十七未引訓義。

浚　卷三十八《金剛光燄止風雨陀羅尼經》「甎浚」注引《說文》：「漬沃也。從水，夋聲。」

溢　卷十一《大寶積經》「流溢」注引《說文》：「器滿也。從水，益聲。」卷六十三、卷六十四、卷六十八引同。

滑　卷五十五《佛說滿願子經》「絪滑」注引《說文》：「利也。從水，骨聲。」卷一、卷十二、卷七十二、卷八十九引同。

漬　卷五十九《四分律》「淹漬」注引《說文》：「漚也。」卷九十三引同。卷三十二引：「從水，責聲。」

漚　卷五十八《僧祇律》「漚令」注引《說文》：「久漬也。」

涓　卷九十七《廣弘明集》「海涓」注引《說文》：「水涯也。從水，脣聲。」

澆　卷九十一《高僧傳》「澆淳」注引《說文》：「沃也。從水，堯聲。」

滓　卷三十五《一字頂輪王經》「泥滓」注引《說文》：「澱也。從水，宰聲。」卷八十六、卷九十二、卷十一引同。

灑　卷八十九《高僧傳》「灑落」注引：「汛也。從水，麗聲。」卷六十二、卷六十引同。

漉　卷八十三《三藏法師本傳》「漉水」注引《說文》：「浚也。從水，鹿聲。」

澣　卷八十二《西域記》「濯澣」注引《說文》：「濯衣垢也。從水，幹聲。」卷六十四、卷五十四引同。

漱　卷四十《如意輪陀羅尼經》「笄漱」注引《說文》：「盪口也。從水，欶聲。」卷二十九、卷四十五、卷六十、卷八十九引同。卷三十四、卷一百未引訓義。

洟　卷五十三《起世因本經》「洟唾」注引《說文》：「鼻液也。從水，夷聲。」卷二十九、卷六十四、卷七十四引同。

湩　卷十二《大寶積經》「淳湩」注引《說文》：「乳汁也。」

濘　卷九十四《高僧傳》「泥濘」注引《說文》：「滎濘也。從水，寧聲。」卷六十九未引訓義。

潘　卷四十六《大智度論》「潘澱」注引《說文》：「析米汁也。」

沿　卷一《三藏聖教序》「沿時」注引《說文》：「緣水而下也。從水，㕣聲。」

澂　卷二十九《金光明經》「澄潔」注引《說文》：「清也。從水，徵聲。」卷六十三

引同。

混　卷十一《大寶積經序》「混車書」注引《說文》：「豐流也。從水，昆聲。」卷二十七、卷五十一未引訓義。

涓　卷九十五《弘明集》「涓浗」注引《說文》：「小流也。從水，昌聲。」

潤　卷八十《大唐內典錄》「掩雲」注引《說文》：「雲雨皃也。從水，弇聲。」

滻　卷八十三《三藏玄奘法師本傳》「葬滻」注引《說文》：「滻水出京北藍田谷入霸。從水，產聲。」

淑　卷八十二《西域記》「淑慝」注引《說文》：「清湛也。從水，叔聲。」卷十二引同。

漂　卷十七《如幻三昧經》「所漂」注引《說文》：「浮也。從水，票聲。」慧琳《音義》凡十五引皆同此。

濩　卷二十《寶星經》「布濩」注引《說文》：「雨流霤下皃。從水，蒦聲。」

湖　卷一《大般若經》「陂湖」注引《說文》：「大陂曰湖。」

滌　卷四十九《攝大乘論序》「滌沈蔽」注引《說文》：「洒也。從水，條聲。」卷五十八、卷四十一、卷三十六、卷二十、卷八十、卷一百、卷四十五引同。

洗　卷五十三《佛說戒欲經》「洗拭」注引《說文》：「洒足也。從水，先聲。」

渴　卷六十六《阿毘達磨發智論》「熹渴」注引《說文》：「盡也。從水，曷聲。」

林　部（引同二徐本存而不論）

涉　卷七《大般若經》「交涉」注引《說文》：「徒行厲水曰涉。從步、林。」

頻　部（字引同二徐本存而不論。）

顰　卷七十七《釋迦譜序》「顰戚」注引《說文》：「涉水顰蹙也。從頻，卑聲。」

辰　部

辰　卷四十九《攝大乘論序》「比辰」注引《說文》：「水之衺流別也。從反、永。」卷三十、卷六十九引同。
案：引與二徐本同。

衇　卷六十二《根本毘奈耶雜事律》「筋脈」注引《說文》：「血理通流行於體中也。從血、辰。」
案：引與二徐本義同而文小異。二徐本并各本皆作：「血理分衺行體中者。」

覛　卷九十九《廣弘明集》「覛往」注引《說文》：「衺視也。」

案：引與二徐本同。

谷　部

谷　卷二十九《金光明經》「谷響」注引《說文》：「泉水出通川爲谷，從水半見，出
　　於口。象形字。」
　　二徐本：「泉出通川爲谷，從水半見，出於口。」
　　案：《音義》卷四十六「谿谷」注云：「《說文》：泉之通川者曰谷。」無「水」
　　字，疑卷二十九引「水」字爲衍文也。

谿　卷三十一《薩遮尼乾子經》「谿谷」注引《說文》：「山瀆無所通者曰谿。從谷，
　　奚聲。」卷十九引同。
　　二徐本：「山瀆無所通者。從谷，奚聲。」
　　案：引同二徐本。

仌　部 （仌、凋、冶、凍皆引同二徐，存而不論）。

仌　卷四十一《六波羅蜜多經》「冰山」注引《說文》：「冰凍也。象水凝之形。」

凋　卷六《大般若經》「凋落」注引《說文》：「半傷也。從仌，周聲。」卷十五、卷
　　九十一引同。

冶　卷八十《開元釋教錄》「鎔冶」注引《說文》：「銷也。從仌，台聲。」卷九十一、
　　卷五十七引同。

凍　卷八十三《玄奘法師傳》「矮凍」注引《說文》：「凍即冰也。」

雨　部

霆　卷八十七《甄正論》「雷霆」注引《說文》：「雷餘聲也，鈴鈴所以挺出萬物也。
　　從雨，廷聲。」
　　案：引與二徐本同。

電　卷八十三《玄奘法師傳》「電燿」注引《說文》：「陰陽激燿也。從雨，申聲。」
　　卷五十三、卷四十四引同。
　　案：與二徐本同。

震　卷四十二《大佛頂經》「震擗」注引《說文》：「從雨，辰聲。」
　　案：二徐本：「劈歷，振物者。從雨，辰聲。」慧琳未引訓義。

雹　卷十九《大集須彌藏經》「災雹」注引《說文》：「雨冰也。從雨，包聲。」卷二

十、卷六十八引同。

案：引與二徐本同。

霑　卷七《大般若經》「霑彼」注引《說文》：「濕也。從雨，沾聲。」卷八引同，卷十七未引訓義。

二徐本：「雨濕也。從雨，沾聲。」

案：「濕」，霑也，二字互訓。慧琳《音義》兩引皆無「雨」字，二徐本「雨」字當為衍文。

霤　卷九十一《高僧傳》「檐霤」注引《說文》：「屋上雨水流下也。從雨，留聲。」

二徐本：「屋水流也。從雨，留聲。」

案：慧琳引與二徐本義同。

霽　卷七十八《經律異相》「雨霽」注引《說文》：「雨止也。從雨，齊聲。」卷十九、卷四十二引同。

案：引與二徐本同。

霾　卷四十二《大佛頂經》「成霾」注引《說文》：「風而雨土也。從雨，貍聲。」卷五十一、卷五十四皆先引《爾雅》：「風而雨土曰霾。」次引《說文》：「從雨，貍聲。」

二徐本：「風雨土也。從雨，貍聲。」

案：段注《說文》依〈釋天〉補作：「風而雨土為霾。」與慧琳所據本合，可證二徐本奪一「而」字。

霓　卷三十一《大乘密嚴經》「如蜺」注引《說文》：「屈虹也，青赤，或白色，陰氣也。」

卷八十七引《說文》：「屈虹，陰氣。從雨，兒聲。」卷九十二引《說文》：「屈虹也。」

二徐本：「屈虹。青赤，或白色，陰氣也。從雨，兒聲。」

案：卷八十七、卷九十二未引全文，卷三十一、卷九十二引皆作「屈虹也」，是「屈虹」下應有「也」字，二徐本奪失。

霈　卷九十二《高僧傳》「霈注」注引《說文》：「從雨，沛聲。」

卷四十《師子莊嚴王菩薩請問經》「沛然」注引《說文》：「從水，市聲。或從雨作霈。」

二徐本無「霈」字。

案：慧琳引《文字集略》：「大雨也。」顧野王：「雨之注澍洪澍也。」《廣雅》：「大也。」水部「沛」為水名，無二解。《孟子》曰：「沛然德教，溢于四海。」

是叚借之義也。《韻會》「霈」下引《廣韻》：「霈霈也。」並云：「或作沛。」此亦「霈」多借用「沛」之證，許書或有此字爲「沛」字之重文也。

霹靂　卷七十七《釋迦譜序》「霹靂」注云：「並從雨，辟、歷皆聲。」
二徐本無。
案：慧琳先引《史記》：「霹靂者，陽氣之動也。」次引《說文》。《蒼頡篇》曰：「霆，霹靂也。」是古有「霹靂」之證，自許書逸失此二字，而「震」下又假用辟歷，「霹」、「靂」二字遂成俗字矣。

魚　部

魚　卷四十一《六波羅蜜多經》「魚蚌」注云：「《說文》：從刀，象形字也。」
二徐本：「水蟲也，象形。魚尾與燕尾相似。凡魚之屬皆從魚。」
案：《說文》云：「魚尾與燕尾相似」是恐後人疑爲從火也。「角」下云：「角與刀魚相似。」則恐人疑爲從刀也。慧琳注云：「從刀」，此言非是。

鮪　卷九十八《廣弘明集》「春鮪」注引《說文》：「從魚，有聲。」
二徐本：「鮥也。《周禮》：春獻王鮪。從魚，有聲。」
案：慧琳未引訓義。

鱣　卷六十八《阿毘達磨大毘婆沙論》「鱣魚」注引《說文》：「從魚，亶聲。」
案：二徐本訓作「鯉也」。慧琳未引訓義。

鱓　卷八十六《辯正論》「似鱓」注引《說文》：「魚，皮可爲鼓。從魚，單聲。」
大徐本：「魚名，皮可爲鼓。從魚，單聲。」
小徐本：「魚也，皮可爲鼓。從魚，單聲。」
案：慧琳所引「魚」下奪一「也」字。

鮒　卷九十六《弘明集》「盼鮒」注引《說文》：「魚也。從魚，付聲。」
案：引與小徐本同，大徐本作「魚名。從魚，付聲。」

鱗　卷三十一《密嚴經》「鱗介」注引《說文》：「鱗者，魚龍甲也。從魚，粦聲。」
卷六十一引《說文》：「龍魚鱗甲也。」
二徐本：「魚甲也。從魚，粦聲。」
案：各本皆「魚甲也」，慧琳兩引文字皆不相同，竊疑此引係慧琳綴以己意者也，應以二徐本爲是。

鮫　卷四十五《舍利弗悔過經》「鮫獵」注引《說文》：「從支，魚聲。從水作漁，亦通。」

二徐本并各本皆無「鮫」字。

二徐本「灕」下云：「捕魚也。從鱻，從水。」又：「篆文灕，從魚。」

案：《文選》張平子〈西京賦〉：「逞欲畋鮫」李善注引《說文》：「鮫，捕魚也。」
是「鮫」字爲漢時通行「灕」字之俗字。

鰈　卷八十五《辯正論》「東鰈」注：「比目魚也。或從去，音與鰈同。形聲。」

大徐列入新附：「比目魚也。從魚，枼聲。」

案：丁福保曰：「慧琳《音義》八十五卷八頁『東鰈』注引《說文》：『魚也。或
從去。音與鰈同，形聲字。』考《篇韻》「鰈」、「鮙」亦爲一字，與慧琳合，是
古本有此字，大徐列入新附誤矣。」此說極是。

鯤　卷九十九《廣弘明集》「鯤鵬」注引《說文》：「從魚，昆聲。」

二徐本并各本皆無「鯤」字。

案：《爾雅・釋魚》：「鯤，魚小也。」慧琳引《莊子》：「北冥有魚，其名曰鯤。
化而爲鳥，其名曰鵬。鵬背不知其幾千里也。」司馬彪注：「鯤，大魚也。」各
本皆無「鯤」字，慧琳亦未引訓義，存疑可也。

魚　部 （鱷、鯢、鰻、鯁皆引與二徐本同，茲存而不論）

鱷　卷九十二《高僧傳》「鯨鯢」注引《說文》：「海大魚也。從畺聲。或從京，作鯨。」
卷四十五、卷八十六未引訓義。

鯢　卷九十二《高僧傳》「鯨鯢」注引《說文》：「刺魚也。從魚，兒聲。」卷八十三、
卷八十六皆未引訓義。

鰻　卷八十一《神州三寶感通錄》「鰻魚」注引《說文》：「魚名也。從魚，曼聲。」

鯁　卷八十六《辯正論》「昏鯁」注引《說文》：「魚骨也。」

鱻　部

灕　卷二十七《妙法蓮花經》「鮫捕」注引《說文》：「捕魚也。」

案：引與二徐本同。

燕　部

燕　卷五十三《起世因本經》「燕雀」注引《說文》：「玄鳥也。籋口，布狨，披尾。
象形也。」

二徐本：「玄鳥也。籋口，布狨，枝尾。象形。」

案：手部從旁持曰披，《廣韻》云：「披，開也、分也、散也。」此曰「披尾」，分也、開也，正象其形。木別生條曰枝，燕尾與魚尾同，皆非別生之狀。《御覽》引作「歧尾」，亦以「枝」字不可解而易之，不知「枝」爲「披」之譌也。應以慧琳所據本爲是。

龍　部

龍　卷三十八《大雲輪請雨經》「蛟龍」注引《說文》：「鱗蟲之長，能幽、能明，能細、能巨，能短、能長，春分而登天，秋分而潛淵，若飛之形，從肉從童省聲。」
　　案：引與二徐本同。

龕　卷三十六《大毘盧遮那經》「龕窟」注引《說文》：「龍兒也。從今、龍」。卷六十六《集異門足論》「龕窟」注引《說文》：「龍兒也。從今，龍聲。」
　　大徐本作「龕」：「龍兒。從龍，合聲。」小徐本作「龕」：「龍兒。從龍，合聲。」
　　段注本與慧琳所引同：「龍兒。從龍，今聲。」
　　案：慧琳《音義》卷三十六引《說文》下並云：「經從合作龕，非也。」段注本作「龕」，段氏並云：「各本作合聲，篆體亦誤，今依《九經字樣》正。」所見正與慧琳合，可證許書古本作：「龕，從龍，今聲」。

《一切經音義》引《說文》考　第十二

鹵　部

鹵　卷四十一《六波羅蜜多經》「沙鹵」注引《說文》：「西方鹹地也。」卷四十六、
　　卷六十六、卷七十七引同。卷二十四「沙鹵」注引《說文》：「從西省，象鹽形。」
　　大徐本：「西方鹹地也。從西省，象鹽形。安定有鹵縣，東方謂之𪉖，西方謂之
　　鹵。」
　　小徐本：「西方鹹地也。從西省，鹵象鹽形。安定有鹵縣，東方謂之𪉖，西方謂
　　之鹵。」
　　案：卷二十四引：「從西省，象鹽形。」與大徐本同，惜慧琳所引無「安定」以
　　下十五字。

鹹　卷三十一《密嚴經》「酸鹹」注引《說文》：「銜也，北方味也。從鹵，咸聲。」
　　《音義》凡六引皆同。
　　案：引與二徐本同。

戶　部

扆　卷八十八《釋法琳本傳》「負扆」注引《說文》：「從戶，衣聲。」
　　案：慧琳未引訓義，二徐本訓作「戶牖之間謂之扆。」

扇　卷三十九《不空羂索經》「扇扇」注引《說文》：「從戶，翄省聲。」
　　案：慧琳未引訓義，二徐本訓作「扉也。」

門　部

闈　卷八十三《玄奘法師傳》「椒闈」注引《說文》：「從門，韋聲。」

─235─

案：慧琳未引訓義。二徐本：「宮中之門也。從門，韋聲。」

闠 卷八十三《玄奘法師傳》「闤闠」注引《說文》：「市外門也。從門，貴聲。」卷四十二引同，卷六十八未引訓義。

案：引與二徐本同。

闉 卷六十二《根本毗奈耶雜事律》「城闉」注引《說文》：「曲城重門也。從門，垔聲。」卷九十一《高僧傳》「城闉」注引作「城之重門曲處也。」卷九十八《廣弘明集》「城闉」注引：「城曲重門也。」

二徐本：「城內重門也。從門，垔聲。」

案：《詩·鄭風》：「出其闉闍。」《傳》曰：「闉，曲城也。」《正義》引作：「城曲重門。」《文選》謝宣遠〈王撫軍庚西陽集別時為豫章太守庚被徵還東，顏延年始安郡還都與張湘川登巴陵城樓作〉、謝希逸〈宋孝武宣貴妃誄詩〉注引《說文》：「闉，城曲重門也。」又《九經字樣》曰：「闉，城曲重門也。」可證許書古本作「城曲重門」。應以卷九十八引為是。卷九十一引或係慧琳綴以己意，二徐本「內」應為「曲」字之誤。

闔 卷五十四《佛說善生子經》「闔門」注引《說文》：「閉也。從門，盍聲。」卷四十五、卷八十四、卷九十引同。

二徐本：「門扇也。一曰：閉也。從門，盍聲。」

案：慧琳引一曰之義，未引全文。

閬 卷八十三《玄奘法師傳》「崑閬」注引《說文》：「門高也。從門，良聲。」卷八十六、卷九十六未引訓義。

卷九十《高僧傳》「閬中」注引《說文》：「巴郡有閬中縣。」

案：二徐本：「門高也。從門，良聲，巴郡有閬中縣。」慧琳引正與二徐本同。

闢 卷四十四《離垢慧菩薩問禮佛經序》「闢重關」注引《說文》：「開也。從門，辟聲。」

案：引與二徐本同。

闡 卷五十一《大乘法界無差別論》「開闡」注引《說文》：「從門，單聲。」卷八十引同。

案：二徐本：「開也。從門，單聲。」慧琳未引訓義。

開 卷五十一《大乘法界無差別論》「開闡」注引《說文》：「張也。從門，开聲。」大徐本：「張也。從門，從开。」小徐本與慧琳引同。

案：段注本亦與慧琳引同，段氏云：「按大徐本改為從門從开。以开聲之字古不入之咍部也。玉裁謂此篆开聲，古音當在十二部。讀如攘帷之攘。由後人讀同

閣，而定爲苦哀切。」此說極是。

閣　卷三十八《佛說出生無量門持經》「重閣」注引《說文》：「從門，各聲。」
　　案：二徐本：「所以止扉也。從門，各聲。」慧琳未引訓義。

閟　卷八十四《古今佛道論衡》「九閟」注引《說文》：「從門，必聲。」
　　案：二徐本：「閉門也。從門，必聲。」慧琳未引訓義。

閘　卷九十九《弘明集》「閘愚」注引《說文》：「開閉門也。從門，甲聲。」
　　案：引與二徐本同。

闌　卷三十一《佛說首楞嚴三昧經》「闌楯」注引《說文》：「門遮也。從門，柬聲。」
　　案：引與二徐本同。

闇　卷六十七《阿毗達磨集異門足論》「冥闇」注引《說文》：「閉門也。從門。音聲。」
　　案：引與二徐本同。

闈　卷五十四《佛說鴦掘摩經》「開闈」注引《說文》：「闔門也。從門，爲聲。」案：
　　引與二徐本同。

關　卷十六《大方廣三戒經》「關邏」注引《說文》：「以木橫持門戶也。從門，䜌聲。」
　　案：引與二徐本同。

閫　卷四十《如意輪陀羅尼經》「關閫」注引《說文》：「關下牡也。」
　　案：二徐本：「關下牡也。從門，龠聲。」引與二徐本同。

闐闛　卷八十四《古今佛道論衡》「闐闛」注：「《說文》二字並從門、眞、堂，並聲。」
　　二徐本「闐」下：「盛皃。從門，眞聲。」「闛」下云：「闐闛，盛皃。從門，堂
　　聲。」
　　案：慧琳此二字未引訓義。

闍　卷八十三《玄奘法師傳》「闍人」注引《說文》：「闍豎，宮中闇昏閉門者也。從
　　門，奄聲。」
　　卷八十一未引訓義。
　　案：引與二徐本同。

闑　卷八十五《辯正論》「闑衡」注：「鄭注《禮記》、郭注《爾雅》並云：闑，門中
　　橛也，《說文》義同。從門，臬聲。」
　　二徐本：「門梱也。從門，臬聲。」
　　案：木部「梱」：門橛也。「門梱」之義與「門中橛」義同。

闚　卷八十六《辯正論》「管闚」注引《說文》：「從門，規聲。」卷四十三、卷七十
　　六、卷七十七、卷七十八引同。
　　案：二徐本：「閃也。從門，規聲。」慧琳未引訓義。

閃　卷三十八《文殊師利根本大教王經金翅鳥王品》「閃爍」注引《說文》:「闚頭門
中皃。」

案:二徐本:「闚頭門中也。從人在門中。」慧琳引同。

闠　卷八十三《玄奘法師傳》「闤闠」注引《說文》:「從門,睘聲。」

大徐本列於新附:「市垣也。從門,睘聲。」

案:慧琳未引訓義。

閱　卷五十四《優婆夷墮舍迦經》「閱哀」注引《說文》:「具數於門中。」

案:引與二徐本同。

耳　部

耿　卷四十七《中論序》「耿价」注引《說文》:「光也,明也。從耳,火聲。」卷八
十二《西域記》「悲耿」注引《說文》:「耳耿耿然。從耳,從炯省聲。」

二徐本:「耳箸頰也。從耳,烓省聲。杜林說:耿,光也。從光,聖省聲。凡字
皆左形右聲,杜林非也。」

案:卷四十九慧琳先引鄭箋《毛詩》云:「耿耿,儆也。」《韻英》:「耿耿,不
安。」《考聲》:「耿亦介也。」卷八十二先引《文字集略》:「耿,憂也,志不安
也。」次引《說文》,兩引各異,一「從耳烓省聲」與二徐本同,一「光也」與
杜林說同,而皆不及「耳箸頰」一語,其他又復歧異,可見此字傳寫紛亂,難
得定本。又二徐本「凡字皆左形右聲杜說非也」更顯然係後人所羼入者。

耽　卷二十六《大涅槃經》「耽緬」注引《說文》:「樂也。」卷十八「耽染」注云:
「《說文》正合作媅。」

卷三十、卷四十五未引訓義:「從耳,冘聲。」

二徐本:「耳大,垂也。從耳,冘聲。《詩》曰:士之耽兮。」

案:《毛詩傳》曰:「耽,樂也。」耽本不訓樂,而可假借為「媅」字。《音義》
四引皆未引及本義。

聘　卷五十一《起信論序》「遺聘」注引《說文》:「從耳,甹聲。」

案:二徐本:「訪也。從耳,甹聲。」慧琳未引訓義。

聵　卷五十七《佛說分別善惡所起經》「聾聵」注引《說文》:「從耳,貴聲。」

案:二徐本:「聾也。從耳,貴聲。」慧琳未引訓義。

耳部（以下諸字引與二徐本同,茲存而不論）

聃　卷九十二《弘明集》「老聃」注引《說文》:「耳曼也。從耳,冉聲。」

聸　卷八十五《辯正論》「聸耳」注引《說文》：「垂耳也。從耳，詹聲。」

聊　卷四十一《大乘理趣六波羅蜜多經》「聊因」注引《說文》：「耳鳴也。從耳，夘聲。」

聰　卷二十九《金光明經》「聰叡」注引《說文》：「察也。從耳，恖聲。」卷六十六，卷六十七，卷七十二引同。

聆　卷四十二《大佛頂經》「聆於」注引《說文》：「聽也。從耳，令聲。」卷八十三、卷九十引同。

聽　卷二十八《法花三昧經》「聽我」注引《說文》：「聆也。耳、悳、壬聲。」卷四十引同，卷四十五未引訓義。

聾　卷三十三《佛說大乘造像功德經》「聾聵」注引《說文》：「無聞也。從耳，龍聲。」

聯　卷三十九《不空羂索經》「聯緜」注引《說文》：「連也。從耳，耳連於頰也。從絲，絲連不絕也。」

　　卷三十五、卷四十二引同。卷六十二、卷九十三、卷九十八未引全文。

手　部

拳　卷十《理趣般若經》「金剛拳」注引《說文》：「從手，卷省聲。」卷四十三、卷四十七、九十七引同。

　　二徐本：「從手，䒑聲」。

　　案：「䒑」讀若書卷，此字慧琳屢引作「卷省聲」，當係許書古本如是。

拇　卷二十《寶星經》「拇指」注引《說文》：「從手，母聲。」

　　案：慧琳未引訓義。二徐本：「將指也。從手，母聲。」

掔　卷三十六《毗盧遮那如來要略念誦法》「交掔」注引《說文》：「掌後節也。」卷三十五引同。

　　二徐本：「手掔也。」

　　案：〈士喪禮〉：「設決麗于掔。」注云：「掔，手後節中也。」可證慧琳所據本當為許書古本。段氏說之甚詳，如見慧琳所引必能加以訂正也。

摳　卷九十九《弘明集》「摳衣」注引《說文》：「從手，區聲。」

　　二徐本：「繑也。一曰：摳衣升堂。從手，區聲。」

　　案：慧琳未引訓義。

擔　卷九十九《弘明集》「長擔」注引《說文》：「拜舉手下也。」

　　二徐本：「舉手下手也。」

　　案：《文選・西征賦》注亦作「拜舉手下也。」《左傳・成十六年》《釋文》引《字

林》：「舉首下手。」段氏據以訂正爲「拜舉首下手也。」慧琳及《文選注》引同，可證許書古本如是，不可以《字林》易許書也。

撿 卷十八《十輪經》「撿問」注引：「從手，僉聲。」
案：二徐本訓「拱也」。慧琳未引訓義。

拉 卷八十七《崇正錄》「拉天」注引《說文》：「摧也。從手，立聲。亦作搚。」卷九十一《高僧傳》「挫拉」注引《說文》：「摧折也。從手，立聲。」
二徐本：「摧也。從手，立聲。」
案：玄應《音義・慧上菩薩問大善經》「摧拉」注引《說文》：「拉敗」並云：「或作搚。」與慧琳卷八十七引同。並引《廣雅》：「搚，折也。」手部「搚，敗也。」、「拹，搚也。一曰：拉也。」《韻會》引《廣韻》：「折之，敗也。」《文選・吳都賦》注引作「頓折也。」可證許書古本不僅「摧也」一訓。

搒 卷十六《佛說胞胎經》「搒笞」注引《說文》：「從手，旁聲。」卷五十五引同。
案：二徐本訓「掩也」，慧琳未引訓義。

操 卷八十九《高僧傳》「操筆」注引《說文》：「把持也。從手，喿聲。」卷九十五引同。卷十八「操紙」注引《說文》下有「或作𢾭，古字也。」，卷八十、卷九十八未引全文。
二徐本：「把持也。從手，喿聲。」
案：二徐本無「或作𢾭，古字也」六字，手部「扶」古文作「𢼄」，「揚」古文作「𢾅」，「播」古文作「𢿭」，此重文從攴之證。又卷九十九「拴」下引《說文》有「或從攴作鈙」五字，卷一「摽」下有「或作𢾷」三字，義亦略同。可證《說文》古本「操」下或有「𢾭」重文。

掊 卷五十七《佛說群牛譬經》「掊土」注引《說文》：「從手，咅聲。」
案：慧琳未引訓義，二徐本：「把也。從手，咅聲。」

抵 卷十六《無量清淨平等覺經》「抵突」注引《說文》：「觸也。從手，氐聲。」卷八十二《西域記》「抵殊俗」注引《說文》：「擠也。從手，氐聲。」卷九十一引同。卷三十三未引訓義。
二徐本：「擠也。從手，氐聲。」
案：《文選・風賦》：「邸華葉而振氣。」注引《說文》：「邸，觸也。」「邸」即「抵」，古字通。可證許書古本有二解。

撻 卷九十七《弘明集》「鞭撻」注引《說文》：「從手，達聲。」卷四十一引同。
大徐本：「鄉飲酒，罰不敬，撻其背。從手，達聲。」
小徐本：「鄉飲酒，不敬，撻其背。從手，達聲。」

段注《說文》：「鄉飲酒，罰不敬，撻其背。從手，達聲。」

案：慧琳未引訓義。

捫　卷八《大般若經》「捫淚」注引《說文》：「摸也。從手，門聲。」

卷二十四《方廣大莊嚴經》「捫淚」注引《說文》：「撫持也。從手，門聲。」卷三十三引同。卷十六、卷三十八、卷四十一要卷八十八未引訓義。

二徐本：「撫持也。從手，門聲。」

案：慧琳《音義》「捫」字凡八見，引《說文》前先引《聲類》：「捫，亦摸也。」郭璞注《方言》：「摸，謂撫循之也。」顧野王：「摸，捫也。」《韻詮》：「折捫或摸捫也。」《蒼頡篇》：「摸，亦捫也。」可證許書古本又有此一解。

捼　卷六十二《根本毗奈耶雜事律》「捼腹」注引《說文》：「摧也。一云：兩手相切摩也。從手，委聲。」卷十二、卷六十三引同。

二徐本：「推也。從手，委聲。一曰：兩手相切摩也。」

案：慧琳《音義》卷十、卷十五、卷十六、卷二十二引皆無「摩」字；卷二十並無「兩」字，蓋傳寫誤奪，非古本有異同也。《文選·長笛賦》注、《玉篇》「推」皆作「摧」，可見《說文》古本如是。

段玉裁云：「各本作委聲，今正。徐鉉曰：俗作挼，非。乃因《說文》無『妥』而爲此謬說也。」《篇韻》並作「捼」，引《說文》：「摧也。」慧琳《音義》屢引亦同，《廣韻》云：「捼，俗作挼。」則徐說非謬。

擿　卷四十九《菩提資糧論》「跳擿」注引《說文》：「投也。從手，適聲。」卷十七、卷三十七、卷四十七、卷五十三、卷七十四引同。

二徐本：「搔也。從手，適聲。一曰：投也。」

案：慧琳未引全文，引一曰之義也。

振　卷二十二《大方廣佛花嚴經》「名振天下」注引《說文》：「舉也。」卷四十五、卷五十二引同。

二徐本：「舉救也。」

案：《文選·過秦論》李善注引《說文》：「舉也。」〈大將軍讌會詩〉、陸士衡〈答賈長淵詩〉、顏延年〈和謝靈運詩〉注引《說文》亦無「救」字。玄應《音義·地持論》「振給」注引《說文》與慧琳同，是所據本同也，可證許書古本如是。

拊　卷七十六《提婆菩薩傳》「拊匈」注引《說文》：「從手，付聲。」

二徐本：「揗也。從手，付聲。」

案：慧琳未引訓義。

握　卷十一《大寶積經序》「在握」注引《說文》：「持也。從手，屋聲。」卷三十一

引同。

二徐本：「搵持也。從手，屋聲。」

案：《說文》：「捉，搵也。一曰：握也。」慧琳所引似奪一「搵」字。

插　卷三十九《不空羂索經》「口插」注引《說文》：「刺內也。從手，臿聲。」卷六十二、卷七十六引同。卷十四、卷六十九未引訓義。八十一引作：「刺內入也。」卷三十七引作「刺入肉也。」

大徐本：「刺肉也。」小徐本：「刺內也。」

案：段氏注云：「內者入也，刺內者刺入也。」此說極是，與卷三十九引合。大徐本「肉」為誤字，應以慧琳所據本為是。

投　卷五《大般若經》「投趣」注引《說文》：「遙擊也。或作殳，古字也。」卷三引《說文》：「殳，古投字，遙擊也。從手，從殳。」

卷十八《十輪經》「投擲」注引《說文》：「摘也。從手，殳聲。」

大徐本：「摘也。從手，從殳。」。小徐本：「摘也。從手，殳聲。」

案：卷十引與小徐本合，段注本亦同。殳部「殳，遙擊也。」古文「投」如此，段氏注云：「此五字蓋後人所注記語，假令果是古文『投』，則許之例當入手部『投』下重文矣，投下云『摘也』，此云『遙擊』，則義固別。」其說甚精，惟「投，摘也」，「摘」之別一義訓「投」並非本義為互訓，《音義》屢引「遙擊也」於「投」字下，而一再以「殳」為古「投」字，是許書原本「殳」為「投」之重文確無疑義也。

捋　卷五十三《起世因本經》「擊捋」注引《說文》：「從手，寽聲。」

案：二徐本：「取易也。從手，寽聲。」慧琳未引訓義。

搔　卷八十四《古今佛道論衡》「預搔」注引《說文》：「刮也。從手，蚤聲。」卷六十四、卷七十四、卷八十八引同。

二徐本：「括也。從手，蚤聲。」

案：段氏注云：「括者，絜也，非其義。刮者，掊杷也。掊杷，正『搔』之訓也。」下文「扴」下：「刮也」，大徐本尚作「刮」，可證二徐本「括」字為「刮」之誤字，茲得《音義》所引更是一證。

揜　卷八十九《高僧傳》「揜唱」注引《說文》：「覆斂也。從手，弇聲。」卷二十引：「覆也。」

卷六「掩泥」下注亦引作「覆也」。

卷五《大般若經》「掩泥」注引《說文》：「斂也。」卷七引同。

二徐本：「揜」：「自關以東謂取曰揜。一曰：覆也。從手，弇聲。」「掩」：「斂

也，小上曰掩。從手，奄聲。」

案：卷八十九慧琳云：「《字書》作奄，又從手，作掩。」卷五、卷六、卷七慧琳一云「正作揜」，一云「或作揜」，引《韻英》：「掩，襲也。」卷二十引《方言》：「藏也，取也。自關而東謂取爲揜。」綜觀各卷所引「掩」、「揜」實爲一字，「斂」爲一義，「覆」爲又一義，慧琳引《方言》同二徐本，而各卷無「小上曰掩」四字，其義不可解，顯係傳寫誤文，《韻會》亦祇取掩字，云「或作揜」。竊疑許書古本或係「揜」爲「掩」之重文，其訓爲「覆斂也」，下引《方言》以釋作「揜」之義，後人分爲二字遂至紛亂，當據慧琳《音義》所引以訂正之。

扡　卷五十八《僧祇律》「扡去」注引《說文》：「從上挹取也。」

二徐本：「從上挹也。」

案：《通俗文》：「從上取曰扡。」《廣韻》：「扡，從上擇取物也。」可證有取之義，二徐本奪失。段氏注即據《通俗文》補之，茲得慧琳所引更得一證矣。

控　卷一《聖教序》「控寂」注引《說文》：「引也，告也。從手，空聲。」

二徐本：「引也。從手，空聲。」

案：《廣韻》：「引也，告也。」《左傳》亦有「控告」之語，可證「控」亦訓「告」，二徐本奪「告也」二字。

攌　卷四十一《六波羅蜜多經》「攌精」注引：「穿，貫衣甲也。從手，睘聲。」卷十九、卷二十、卷二十四皆未引訓義。

卷三十六《金剛頂經》「攌般」注引：「衣甲。」未引全文。

二徐本：「貫也。從手，睘聲。《春秋傳》曰：攌甲執兵。」

案：《春秋傳》：「攌甲執兵」杜注：「攌，貫也。」《國語》賈注：「衣甲也。」是「攌，貫也」之下當有「穿，貫衣甲」一語，今本奪失。

承　卷一《聖教序》「謬承」注引《說文》：「受也。」

二徐本：「奉也，受也。從手，從卪，從収。」

案：慧琳未引全文。

撲　卷十八《十輪經》「欲撲」注引《說文》：「挨也。從手，業聲。」

卷三十四《善敬經》「推撲」注引《說文》：「從手，業。撲，擊也。」

二徐本：「挨也。從手，業聲。」

案：卷十八引同二徐本，卷三十四竊疑係慧琳綴以己意者。

搏　卷五十三《長阿含十報經》「搏飯」注引《說文》：「圜也。從手，專聲。」卷三十六、卷六十七、卷六十八引同。卷十六、三十二、三十四、五十、五十四、六十四、七十五、七十八、八十三皆未引訓義。

卷六十五《五百問事經》「一搏」注引《說文》:「握也。從手,專聲。」

二徐本:「圜也。從手,專聲。」

案:二徐本與卷五十三引同,《字統》亦云:「圜也」。鄭注《周禮》:「握也。」《考聲》亦作「握也。」竊疑卷六十五係涉鄭注或《考聲》而誤者。

掖　卷四十五《法律三昧經》「枝掖」注引《說文》:「以手持人臂也。」卷八十一、卷一百未引訓義。

二徐本:「以手持人臂投地也。從手,夜聲。一曰:臂下也。」

案:《左傳》《釋文》曰:「《說文》云:以手持人臂曰掖。」《正義》曰:「《說文》云:掖,持臂也。謂持其臂投之城外也。」陸、孔所據皆無「投地」二字,淺人傅合《左》文增之,不知掖人者不必皆投地也。《詩·衡門序》曰:「僖公愿而無立志,故作是詩以誘掖其君。」鄭注云:「掖,扶持也。」是可證矣。應以慧琳所據本爲是,段氏亦據此以訂正之。

搢　卷八十三《玄奘傳》「搢紳」注引《說文》:「從手,晉聲。」卷八十四,卷九十七引同。

大徐本列於新附:「插也。從手,晉聲。」

案:慧琳引《儀禮》注云:「搢,插也。」與大徐新附訓同,可證古本應有此字。

據　卷五十一《起信論》「據理」注引《說文》:「從手,豦聲。」

卷四《大般若經》「據敖」注引《說文》:「扶持也。從手,豦聲。」

二徐本:「杖持也。從手,豦聲。」

案:各本皆作「杖持也」,慧琳所引「扶」字應爲「扙」字之譌。

挹　卷十一《大寶積經》「挹其」注引《說文》:「持也。從手,邑聲。」

二徐本:「抒也。從手,邑聲。」

案:慧琳所引「持」字係「抒」之誤,後人傳鈔所誤也,各本皆作「抒也」,應從二徐本。

掠　卷七十六《法句譬喻無常品經》「拷掠」注引《說文》:「從手,京聲。」卷八十四引同。

大徐列於新附:「奪取也。從手,京聲。」

案:慧琳引顧野王:「掠,謂虜掠奪取財物也。」杜注《左傳》:「刼掠財物也。」義與大徐新附合。

打　卷十六《大方廣三戒經》「搗打」注引《說文》:「擊也,掊也。從手,丁聲。」

卷二十七引作「以杖擊也。」卷九十三引作「撞也」。

大徐列於新附:「擊也。從手,丁聲。」

案：《博雅》：「擊也，掊也。」與慧琳所引合。《玉篇》無「打」字。木部「朾，
橦也」，朾訓橦，次在「椓」下，椓訓擊，則打義亦相類。《說文》次序率如此，
此則「打」即「朾」之俗字矣。鄭氏新附考云：「《眾經音義》卷六引《說文》：
打，以杖擊之也。『打』即『朾』之俗字，《唐本說文》『朾』注如此。」

扣　卷六十六《阿毗達磨法蘊足論》「扣鉢」注引《說文》：「扣，擊也。從手，口聲。」
　　卷四十五、卷六十二未引訓義，卷八十四引同，卷八十九「塵尾扣案」注引《說
　　文》並云：「古文或從言作訐，又作叩、敂，音訓蓋同。」
　　二徐本：「牽馬也。從手，口聲。」
　　案：慧琳先引孔注《論語》：「扣，擊也。」《廣雅》云：「持也。」次引《說文》
　　並云：「敂，音訓蓋同。」是所引非「敂」下說解，言部「訐，扣也」，慧琳以
　　爲「扣」、「訐」一字，故曰古文或從言作訐，《韻會》「扣」下云：「本作敂，今
　　文作扣。」是「扣」「訐」爲一字，其訓「擊」無疑。「牽馬」一解出於《史記‧
　　伯夷叔齊列傳》：「扣馬而諫」，或因此而有又一義。

揹　卷五十九《四分律》「指揹」注引《說文》：「指揹也。一曰：韋揹也。今之射鞲
　　是也。」
　　大徐本：「縫指揹也。一曰：韜也。從手，沓聲。」
　　小徐本：「縫指揹也。一曰：韋韜。從手，沓聲。」
　　案：玄應《音義》引《說文》作：「指揹也。一曰：韋揹。今之射鞲是也。」與
　　慧琳同，是所據本相同。二徐「一曰：韜也」，「一曰：韋韜」所據各殊，其爲
　　傳寫之譌毫無疑義，《玉篇》作「韋韜也」亦屬沿誤，應以慧琳所引爲是。

拔　卷十四《大寶積經》「鉆拔」注引《說文》：「擢也。從手，犮聲。」卷十八、卷
　　二十四、卷八十、卷九十七引同。卷六十二引：「從手，犮聲。」
　　卷四十《千手千眼觀世音菩薩無礙大悲心陀羅尼經》「拔其」注引《說文》：「擢
　　也，引而出之也。從手，犮聲。」
　　二徐本：「擢也。從手，犮聲。」
　　案：各本皆無「引而出之也」五字，慧琳《音義》「拔」字凡七引，五引皆與二
　　徐本同，《玉篇》云：「拔，猶引而出之也」，竊疑卷四十引「引而出之也」五字，
　　係《玉篇》所誤入者。

抒　卷三十一《新翻密嚴經》「課抒」注引《說文》：「挹，酌取物也。從手，予聲。」
　　卷四十六《大智度論》「抒大」注引《說文》：「挹也。」卷五十八引同。
　　二徐本：「挹也。從手，予聲。」
　　案：手部「挹，抒也」，「抒，挹也」，二字互訓。二徐本與卷四十六、卷五十八

引同，玄應《音義・華手經》「抒氣」注引《說文》：「挹也。」與二徐本同。卷五十八慧琳引《蒼頡篇》：「挹，取也。」是挹有「取」之義，玄應《華手經》注云：「挹，酙酌也」，是挹有「酙酌」之義，與慧琳卷三十一引合。竊疑許書古本或有又一義「酌取物也。」

拓　卷八十七《甄正論》「摭實」注引《說文》：「拾也。從手，石聲。」

二徐本：「拾也。陳宋語。從手，石聲。」

案：慧琳云「摭」正體作「拓」。二徐本「拓」下次「摭」云：「拓，或從庶。」與慧琳所據本合。

探　卷七十二《阿毗達磨顯宗論》「探啄」注引《說文》：「遠取也。從手，罙聲。」卷一、卷八十五引同。

卷八十八《集沙門不拜俗議》「探賾」注引《說文》：「嘗試其意也。」卷十六引同。

二徐本：「遠取之也。從手，罙聲。」段注本同。

案：玄應《音義・太子本起瑞應經》注引《說文》：「遠取也。」《大方廣大集經》注引《說文》：「手遠取物曰探。」慧琳、玄應所引皆無「之」字，是《說文》古本作「遠取也。」卷八十八引或係慧琳綴以己意之詞。

摭　卷八十《大唐內典錄》「採摭」注引《說文》：「拾也。從手，庶聲。」卷七十七引同。

案：「摭」字為「拓」之或體，二徐本次於「拓」下，慧琳云正體作「拓」，與二徐本同。

挂　卷三十五《一字頂輪王經》「投挂」注引《說文》：「從手，圭聲。」卷六十二引同。

案：二徐本訓「畫也」，慧琳未引訓義。

抨　卷四十六《大智度論》「抨則」注引《說文》：「彈也。」

大徐本：「撣也。從手，平聲。」

小徐本：「彈也。從手，平聲。」段注本同小徐本。

案：彈者開弓也，開弓者弦必反於直，故凡有所糾正謂之彈。《廣雅》：「彈，拼也。」拼即抨也，玄應《音義》曰：「抨，彈繩墨也。」孟康《漢書注》曰：「引繩以抨彈。」可證應以「彈也」為是。

攣　卷六十九《阿毗達磨大毗婆沙論》「攣急」注引《說文》：「孫也。從手，縊聲。」

二徐本：「係也。從手，縊聲。」

案：各本皆作「係也」，應以二徐本為是，慧琳所引疑後人傳寫誤也。

掾　卷三十四《佛語經》「卑掾」注引《說文》:「從手,彖聲。」
　　案:慧琳未引訓義。二徐本:「緣也。從手,彖聲。」

撟　卷八十七《崇正論》「撟僞」注引《說文》:「擅也。從手,喬聲。」
　　二徐本:「舉手也。從手,喬聲。一曰:撟擅也。」
　　案:慧琳未引全文,三引皆引一曰之義。卷三十九、卷四十引同。

撣　卷七十六《迦葉結經》「撣指」注引《說文》:「持也。從手,單聲。」
　　案:各本皆作「提持也。從手,單聲,讀若行遲驒驒。」慧琳所引奪一「提」
　　字。

摎　卷四十三《陀羅尼雜集》「摎項」注引《說文》:「縛殺之也。」
　　二徐本:「縛殺也。從手,翏聲。」
　　案:各本皆無「之」字,其爲衍文無疑。

捄　卷七十五《阿育王譬喻經》「捄親」注引《說文》:「從手,求聲。」卷九十二引
　　同。
　　二徐本:「盛土於梩中也。一曰:擾也。《詩》曰:捄之陾陾。」
　　案:慧琳未引訓義。

拯　卷六十四《四分律刪補隨機羯磨》「拯拔」注引《說文》:「舉也。從手,丞聲。」
　　卷五十七、卷三十未引訓義,云:「從手,丞聲。」
　　卷四十六《大智度論》「拯伏」注引《說文》:「上舉也,救助也,出溺也。」
　　卷四十《如意輪陀羅尼經》「拯濟」注引《說文》:「上舉也。從手,升聲。」卷
　　十一引同。卷九十二引:「上舉也。」
　　卷三十二《彌勒下生成佛經》「拯濟」注:「《說文》或作『抍』,又作『撜』。」
　　卷二十五《涅槃經》「拯及」注引《說文》:「上舉也,救助也。」卷十二《大寶
　　積經》「拯溺」注引《說文》:「從手,升聲,或從登作撜。上舉也。」
　　二徐本作「抍」:「上舉也。從手,升聲。《易》曰:抍馬壯吉。蒸上聲。」
　　案:胡秉虔云:「唐人立《說文》、《字林》之學,合許、呂之書爲一,引者往往
　　誤僞。至唐末而《說文》或缺,校者又取《字林》以補《說文》。如《周易·明
　　夷》:『用拯馬壯』《釋文》:『拯救之拯,《說文》舉也,子夏作抍,《字林》:上
　　舉,音承。』是《說文》作『拯』,《字林》作『抍』,《說文》『舉也』,《字林》
　　『上舉』,極爲分明。」
　　李善《文選注》謝靈運〈擬鄴中集詩〉、曹植〈七啓〉、潘勗〈九錫文〉、傅亮〈修
　　張良廟教〉、王簡棲〈頭陀寺碑文〉皆引《說文》:「出溺爲拯。」是古本確有此
　　四字。

玄應《音義》「拯」下云：「又作抍、撜，二字形同。」《文選注》引字皆作「拯」，《淮南子‧齊俗訓》：「子路撜溺」，高誘注：「撜、拯同。」是以「撜」爲「拯」之重文。

「拯，救助也」，各本及釋注皆無此訓，惟杜預曰：「救助也。」疑係後人據此以誤入《說文》。《易‧明夷》《釋文》引拯「舉也」，又引《字林》抍「上舉也」，則是「抍」字出於《字林》，蓋淺人據以竄改許書者。

撮　卷五十三《起世因本經》「多撮」注引《說文》：「四圭也，三指撮也。從手，最聲。」卷四十一、卷五十八未引訓義。

大徐本：「四圭也。一曰：兩指撮。從手，最聲。」

小徐本：「四圭也。從手，最聲。亦二指撮也。」

案：《漢書‧律曆志》曰：「量多少者不失圭撮。」應劭注《漢書》云：「圭自然之形，陰陽之始，四圭曰撮，三指撮之也。」說與慧琳引合，應以「三指撮」爲之，段氏注《說文》云：「二疑三之誤。」段氏若見《音義》，則必能據以訂正之。

揥　卷九十九《廣弘明集》「撲揥」注云：「《說文》並從手，業、帝皆聲。」

二徐本無。

案：慧琳先引《聲類》云「損也」，次引《說文》與「撲」連文，《說文》：「撲，挨也」，「揥」義當相近，惜慧琳未引及之，存疑可也。

撼　卷九十四《高僧傳》「撼之」注引《說文》：「搖也。從手，感聲。」卷七十四、卷四十二引同。

二徐本作「摵」：「搖也。從手，咸聲。」

案：大徐曰：「今俗別作撼。」此說非是，《韻會》引《說文》正作「撼」，可證今本小徐本乃據大徐本改竄，是許書古本作「撼」，大徐以爲別體易之。

拭　卷六十九《阿毗達磨大毗婆沙論》「鎣拭」注引《說文》：「淨也，清也。從手，式聲。」卷十四、卷五十三、卷五十六未引訓義。

二徐本無。

案：又部「叔」下云：「拭也。」巾部「幡」下云：「書兒拭觚布也。」手部「撢」下云：「拭也。」《玉篇》：「拭，清淨也。」鄭注《儀禮》：「清也。」是「拭」字屢見於說解，經籍中訓義亦與慧琳引同，可證許書古本當有此字。

揩　卷六十二《根本毗奈耶雜事律》「甎揩」注引《說文》：「摩也，拭也。從手，皆聲。」卷十三、卷十四、卷三十三、卷五十三、卷六十九引：「從手，皆聲。」

二徐本無。

案：《韻會》云：「揩，捵摩拭也。」義與慧琳所引同，許書古本或有此字矣。

擔　卷一《大般若經》「重擔」注引《說文》：「舉也。從手，詹聲。」卷三、卷七、卷十一引同，卷十、卷二十、卷二十九、卷三十三、卷六十一、卷六十四引《說文》：「從手，詹聲。」

卷七十四《佛本行讚傳》「擔輦」注云：「《字書》：擔，負物也。《說文》：從手，從詹。以木者非也。」

二徐本無。

案：人部「何，儋也。」「儋，何也。」二字互訓。大徐曰：「儋何，即負何也。今俗別作擔荷，非是。」《音義》卷十四「擔」下引《說文》：「負也。從手，詹聲。或作儋。」此以「擔」爲古文，以「儋」爲或體。慧琳卷一、卷三、卷五「擔」下皆先引《廣雅》：「擔，負也。」《考聲》：「以木荷物也。」次引《說文》並云：「經有從木作檐者，誤也。」此與大徐所謂「俗別作檐。非是」語合。此「擔」字訓「舉」似與「儋何」之「儋」義稍有不同，治許學者以「儋何」之「儋」作「擔」爲非是，遂將訓「舉」之「擔」亦刪去，慧琳《音義》凡十有二引並有詳說，決非臆爲說解也。

攄　卷四十五《優婆塞經》「攄蒲」注引《說文》：「從手，慮聲。」卷九十八引同。二徐本段注本並無。

案：慧琳《音義》卷九十八先引《廣雅》曰：「張也。」又引顧野王曰：「舒也。」次引《說文》以定其讀，許書古本或有此字也。

手　部（以下諸字引同二徐本，存而不論）

指　卷三十四《如來獅子吼經》「指麾」注引《說文》：「手指也。從手，旨聲。」

攘　卷三十七《東方最勝燈王如來經》「攘災」注引《說文》：「推也。從手，襄聲。」卷二十九、卷五十五、卷五十七、卷九十七未引訓義。

搦　卷四十五《淨業障經》「佀縛」注引《說文》：「正作搦。搦，把也。亦作捉。從手，弱聲。」卷六十八，卷八十七引同。

挫　卷十三《大寶積經》「挫辱」注引《說文》：「摧也。從手，坐聲。」卷三十五、卷二十四、卷二十八、卷三十九、卷八十一、卷八十四、卷九十一引同。

捡　卷九十九《弘明集》「捡之」注引《說文》：「急持衣裌也。」

扞　卷六十三《根本律攝》「扞敵」注引《說文》：「忮也。從手，干聲。」

捽　卷五十四《佛說鴦掘摩經》「摧捽」注引《說文》：「持頭髮也。從手，卒聲。」

挑　卷十四《大寶積經》「挑目」注引《說文》：「撓也。從手，兆聲。」卷十五、卷

十九、卷四十七、卷六十九未引訓義。

撖　卷十八《十輪經》「捻箭」注引《說文》：「拈也。從手，取聲。」

抉　卷六十二《根本毗奈耶雜事律》「抉目」注引《說文》：「挑也。從手，夬聲。」

掉　卷七十八《經律異相》「掉悸」注引《說文》：「搖也。從手，卓聲。」卷一、卷十四、卷三十、卷六十九、卷一百皆未引全文。

攜　卷十三《大寶積經》「而攜」注引《說文》：「提也。從手，巂聲。」卷八十一、卷八十二引同。卷五十四、卷六十四未引訓義。

捲　卷五十一《觀所緣緣論》「解捲」注引《說文》：「氣勢也。從手，卷聲。」卷三十三、卷六十一引同。卷十七、卷五十七未引全文。

推　卷六十五《五百問事經》「推排」注引《說文》：「排也。從手，隹聲。」卷六十六引同。卷十八、卷四十五未引訓義。

捷　卷六十六《阿毗達磨發智論》「輕捷」注引《說文》：「獵也，軍獲得也。從手，疌聲。」卷十二、卷八十九、卷二十四、卷五十四皆未引全文。

掐　卷七十二《阿毗達磨顯宗論》「掐心」注引《說文》：「搯也。從手，臽聲。」

撥　卷六十九《阿毗達磨大毗婆沙論》「止撥」注引《說文》：「治也。從手，發聲。」卷七十二引同。卷三十九、卷四十一、卷四十七、卷五十、卷七十六、卷八十四、卷九十、卷九十一未引訓義。

摶　卷十六《大方廣三戒經》「離摶」注引《說文》：「索持也。從手，專聲。」卷五十三、卷六十二引同。卷三十未引訓義。

摽　卷一《聖教序》「摽瓦礫」注引《說文》：「擊也。從手，票聲。」

擾　卷十一《大寶積經》「紛擾」注引《說文》：「煩也。從手，憂聲。」卷一、卷二十九、卷三十、卷三十一、卷三十七、卷四十一、卷四十六、卷六十二、卷六十九、卷七十四、卷七十六、卷八十四、卷九十五引同。

舉　卷八十一《三寶感通傳》「拗舉」注引《說文》：「對舉手。從手，與聲。」卷一引同、卷十一、卷五十一未引訓義。

擊　卷十《大樂金剛理趣經》「搖擊」注引《說文》：「攴也。從手，毄聲。」卷三十八、卷九十三引同。卷七十二引：「從手，毄聲。」

搖　卷十《大樂金剛理趣經》「搖擊」注引《說文》：「動也。從手，䍃聲。」卷十四、卷二十八引同。

撓　卷一《大般若經》「撓亂」注引《說文》：「擾也。從手，堯聲。」

捶　卷十八《十輪經》「捶楚」注引《說文》：「以杖擊也。從手，垂聲。」卷十一、卷二十七、卷五十一引同。

排　卷一《高宗皇帝在春宮述三藏記》「排空」注引《說文》：「擠也。從手，非聲也。」

抗　卷十三《大寶積經》「抗拒」注引《說文》：「扦也。從手，亢聲。」卷八十四、卷九十九未引訓義。

攩　卷一《大般若經》「兜黨」注引《說文》：「朋群也。從手，黨聲。」

捇　卷十三《大寶積經》「開拆」注引《說文》：「裂也。從手，赤聲。」卷三十二未引訓義。

捐　卷二十九《金光明最勝王經》「唐捐」注引《說文》：「棄也。從手，昌聲。」卷十三、卷二十二、卷二十九、卷三十三引同。

揆　卷十八《十輪經》「崖揆」注引《說文》：「葵也。從手，癸聲。」

捊　卷三十二《彌勒下生成佛經》「保母」注引《說文》：「衣上擊也。從手，保聲。」

換　卷三十二《第一法勝經》「換久」注引《說文》：「易也。從手，奐聲也。」

拍　卷三十一《大灌頂經》「拍長者」注引《說文》：「拊也。從手，白聲。」

攘　卷六十九《阿毗達磨大毗婆沙論》「攘多」注引《說文》：「抬也。從手，襄聲。」卷八十未引訓義。

扛　卷八十《大唐內典錄》「扛輿」注引《說文》：「橫關對舉也。從手，工聲。」

掘　卷五十《攝大乘論》「掘生地」注引《說文》：「搰也。從手，屈聲。」卷三十五、卷六十四未引訓義。

搵　卷四十《如意輪陀羅尼經》「搵藥」注引《說文》：「沒也。從手，昷聲。」卷四十三未引訓義。

擘　卷四十六《大智度論》「能擘」注引《說文》：「撝也。」（此字凡十引皆同）。

撝　卷四十六《大智度論》「能擘」注引《說文》：「裂也。」

技　卷二十九《金光明最勝王經》「技術」注引《說文》：「巧也。從手，支聲。」卷四十七未引訓義。

揮　卷三十八《金剛光燄止風雨經》「揮擊」注引《說文》：「奮也。從手，軍聲。」

揚　卷二十《寶星陀羅尼經》「捘揚」注引《說文》：「飛舉也。從手，昜聲。」

揣　卷四十二《佛頂經》「揣摩」注引《說文》：「量也。從手，耑聲。」《音義》此字凡十引。

扮　卷七十六《阿育王經》「相扮」注引《說文》：「握也。從手，分聲。」

揭　卷八十九《高僧傳》「摽揭」注引《說文》：「高舉也。從手，曷聲。」卷七十六、卷九十一、卷九十三未引訓義。

播　卷九十五《弘明集》「播殖」注引《說文》：「種也。一云：布也。從手，番聲。」

摛　卷九十五《弘明集》「摛機」注引《說文》：「舒也。從手，离聲。」

擠　卷九十五《弘明集》「擠其」注引《說文》：「排也。從手，齊聲。」

挈　卷八十《大唐內典錄》「提挈」注引《說文》：「縣持也。從手，韧聲。」

撞　卷八十八《釋法琳本傳》「撞擊」注引《說文》：「丮擣也。從手，童聲。」

撩　卷六十四《優波離問佛經》「撩去」注引《說文》：「理也。從手，尞聲。」卷七十四、卷三十九引同。

攪　卷四十二《瑜伽護摩經》「攪手」注引《說文》：「乳也。從手，覺聲。」卷六十三、卷六十九、卷七十四未引訓義。

擢　卷二十四《大方廣如來不思議境界經》「擢本」注引《說文》：「引也。從手，翟聲。」

女　部

姚　卷八十五《辯正論》「姚墟」注引《說文》：「舜居姚墟因以為姓。」

　　案：二徐本皆作「虞舜居姚虛因以為姓，從女，兆聲。」慧琳所引奪一「虞」字。

媒　卷六十四《根本說一切有部苾蒭尼戒經》「媒嫁」注引《說文》：「謀合二姓為婚媾也。從女，某聲。」

　　二徐本：「謀也，謀合二姓。從女，某聲。」

　　案：《周禮·媒氏》注曰：「媒之言謀也，謀合異類使成和者。」媒，謀也，以疊韻為訓，「二姓」之上應有此二字。「謀合二姓為婚媾也」，二徐本作「謀合二姓」，段注本作「謀合二姓者也」。竊疑應以慧琳所引為是，以其語意完整明白。

姜　卷八十四《古今佛道論衡》「姜苟兒」注引《說文》：「從女，羊聲。」

　　案：二徐本：「神農居姜水因以為姓。」慧琳未引訓義。

娶　卷五十五《婦人遇辜經》引《說文》：「從女，取聲。」

　　案：二徐本：「取婦也。從女，取聲。」慧琳未引訓義。

姻　卷三十一《大灌頂經》「姻媾」注引《說文》：「從女，因聲。」

　　二徐本：「壻家也，女之所因故曰姻。」

　　案：慧琳未引訓義。

妻　卷二十七《妙法蓮花經》「妻」下注引《說文》：「婦與己齊者也。」

　　又：「持事妻職。」

　　小徐本：「婦與己齊者也。從女、從屮、從又，又持事妻職也。」

　　案：慧琳引與小徐本，段注本同，大徐本改「己」為「夫」，非是。

嫗　卷九十四《高僧傳》「一嫗」注引《說文》：「老母稱也。從女，區聲。」

二徐本：「母也。從女，區聲。」
案：本部「嫗」：「母老稱也。」張晏曰：「嫗老，母稱也。」慧琳此引誤以「嫗」字解「嫗」字。

嫗　卷九十二《高僧傳》「野嫗」注引《說文》：「嫗，女人長老稱也。從女，昷聲。」
大徐本：「女老稱也。從女，昷聲。」
小徐本：「母老稱也。從女，昷聲。」段注本同此。
案：漢高帝母曰劉媼，文穎曰：「幽州及漢中皆謂老嫗爲嫗。」張晏曰：「嫗，老母稱也。」可證應以「母老稱也」爲是。慧琳此引或係綴以己意也。

媾　卷三十一《大灌頂經》「姻媾」注引《說文》：「從女，冓聲。」卷七十七《釋迦氏略譜》「姻媾」注：「賈逵注《國語》云：重婚曰媾，《說文》亦同。」
案：二徐本：「重婚也。從女，冓聲。」是二徐與慧琳所見同。

妭　卷五十八《僧祇律》「妖豔」注引《說文》：「巧也，又女子狀兒淑好也。」
大徐本：「婦人美也。從女，友聲。」小徐本：「美婦也。從女，友聲。」
案：《廣韻》引《說文》：「婦人美兒。」各本字異而義同，是此字說解傳寫紛亂未有定本，段注本採小徐之說蓋以其簡明易曉也。

媧　卷九十七《廣弘明集》「女媧」注引《說文》：「古之神人聖女曰媧，變化萬物者也。從女，咼聲。」
二徐本、段注本皆作：「古之神聖女化萬物者也。從女，咼聲。」
案：女媧者上古女帝，亦曰女希氏，又稱媧皇，代伏羲氏立爲女帝，始作笙簧，又制嫁娶之禮，相傳其末年共工氏爲祝融所敗，頭觸不周山崩，天柱折，地維缺，女媧乃煉石補天，斷鼇足以立四極，殺黑龍以濟冀州，積蘆灰以止淫水，於是地平天成，不改舊物。此字說解各本皆同二徐本，竊疑應以二徐本爲是，慧琳所引未若二徐本之語簡意賅。

婕妤　卷八十四《古今譯經圖記》「婕妤」注引《說文》：「女字也。並形聲字，或作倢伃。」
卷八十七《破邪論》「婕妤」注：「《說文》云：二字並從女，疌、予皆聲也。」
二徐本作「婕嬩」，並訓爲「女字也。」一從女，疌聲；一從女，與聲。」
案：慧琳先引《聲類》云：「接幸也，婦人官名也。」人部「倢：佽也」，「伃，婦官也」，本部「婕」、「嬩」皆訓「女字也」。《韻會》「婕」下引《說文》云：「女字也，本作倢。」「伃」下引《說文》云：「婦官也，或作妤。」《漢書・外戚傳》正作「婕妤」，顏師古注作「倢伃」，是「婕妤」、「倢伃」古皆通用，據慧琳云或作「倢嬩」，可證許書確有「妤」篆，非「嬩」字重文即「伃」字重文。

娙　卷三十九《不空羂索經》「娙女」注引《說文》：「長好兒也。從女，巠聲。」

二徐本：「長好也。從女，巠聲。」

案：《玉篇》：「娙，身長好兒。」《廣韻》亦云：「身長好兒。」可證許書古本當有「兒」字，二徐本奪失。

嬥　卷八十四《古今佛道論衡》「嬥曲」注引《說文》：「從女，翟聲。」

案：二徐本訓「直好兒。一曰：嬈也」。慧琳未引訓義。

妓　卷二十《寶星經》「妓女」注引《說文》：「從女，支聲。」

案：二徐本訓「婦人小物也。」慧琳未引訓義。

娉　卷二十五《大涅槃經》「娉妻」注引《說文》：「訪也。」

二徐本：「問也。從女，甹聲。」

案：耳部「聘，訪也」，段玉裁「娉」下注云：「凡娉女及聘問之禮，古皆用此字。娉者，專詞也；聘者，氾詞也。耳部曰『聘者，訪也』言部曰：『氾謀曰訪』，故知聘爲氾詞也。若夫禮經大曰聘、小曰問，渾言之皆曰聘，此必有所專適，非氾詞也。至於聘則爲妻，則又造字所以從女之故。而經傳槩以聘代之，『聘』行而『娉』廢矣。」《爾雅》：「娉，問也。」顧野王云：「娉，問也。娶妻及禮賢達納徵束帛相問曰娉。」是「娉」皆訓「問」之證。經傳概以「聘」代之，故慧琳以「聘」、「娉」爲一字，而引「聘」之義也。

媟　卷四十四《佛垂般涅槃略說教戒經》「媟慢」注引《說文》：「從女，枼聲。」

二徐本：「嬻也。從女，枼聲。」

案：「媟」、「嬻」互訓，慧琳未引訓義。

嬮　卷六十一《根本說一切有部苾芻尼律》「嬮妍」注引《說文》：「巧態美兒也。」

大徐本：「巧也。一曰：女子笑兒。《詩》曰：桃之嬮嬮。從女，芺聲。」

小徐本：「巧也。《詩》曰：桃之芺芺。女子笑兒。從女，芺芺聲。」

案：《廣雅》：「妖，巧也。」李善注〈上林賦〉引《字書》：「妖，巧也。」當以訓「巧也」爲是。竊疑慧琳此引係綴加己意，又小徐奪「一曰」二字。

妍　卷五十三《起世因本經》「姝妍」注引《說文》：「技也。從女，开聲。」卷六十一《根本說一切有部毗奈耶律》「嬮妍」注引《說文》：「慧也，安也。」卷六十二引《說文》：「技也，安也。從女，开聲。」卷八十七引《說文》：「技也，慧也。從女，开聲。」

二徐本：「技也。一曰：不省錄事也。從女，开聲。一曰：難侵也。讀若研。一曰：惠也；一曰：安也。」

案：慧琳未引全文。

嬾　卷三《大般若經》「嬾墮」注引《說文》：「懈怠也。從女，賴聲。」卷二十九、
卷三十一、卷四十一引同。
大徐本：「懈也，怠也。一曰：臥也。從女，賴聲。」
小徐本：「懈怠也。從女，賴聲。一曰：臥食。」
案：慧琳引與小徐本同。懈者，怠也。「懈」、「怠」二字乃同義連縣詞，《集韻》、
《類篇》皆作「懈也，怠也」，與大徐本同，非是。又臥部曰：「楚謂小嬾曰嫛，
從臥、食。」大徐奪一字，小徐析爲二字，皆誤也。

嬗　卷五十七《佛說阿鳩留經》「曰嬗」注引《說文》：「從女，參聲。」
案：二徐本訓「㜮也」。慧琳未引訓義。

媚　卷四十一《六波羅蜜多經》「莸媚」注引《說文》：「愛也。從女，眉聲。」
二徐本：「說也。從女，眉聲。」
案：「說」即今「悅」字，《六書故》云：「女爲容悅也，本義如此。」《詩·大
雅·下武》：「媚茲一人。」《傳》曰：「媚，愛也。」是慧琳誤以《毛傳》入《說
文》。

婚　卷八十一《集神州三寶感通錄》「逐婚」注引《說文》：「從女，省聲。」
案：二徐本訓「減也。」慧琳未引訓義。

嬈　卷六《大般若經》「嬈惱」注引《說文》：「女惑於男也，古文作嬲也。」
卷三《大般若經》「嬈惱」注引《說文》：「苛也。一曰：擾弄也。從女，堯聲。」
卷二十四《方廣大莊嚴經》「嬈害」注引《說文》：「苛也。一曰：擾戲弄也。從
女，堯聲。」卷四十三引同，下有「或作嬲」三字。
卷十六《佛境界經》「觸嬈」注引《說文》：「相戲弄也，或作嬲。」
卷三十《寶雨經》「嬈亂」注引《說文》：「戲弄也。從女，堯聲。或作嬲也。」
卷七十八引同。
卷三十二《藥師經》「嬈亂」注引《說文》：「煩也，苛也。一曰：擾戲弄也。從
女，堯聲。字或作嬲。」
卷三十三《佛說長者子制經》「嬈我」注引《說文》：「擾戲弄也。從女，堯聲。」
卷五十九引同。
卷七十二《顯宗論》「嬈亂」注引《說文》：「從女，堯聲」又云：「或作嬲亦通。」
二徐本：「苛也。一曰：擾，戲弄也。一曰：嬥也。從女，堯聲。」
案：慧琳《音義》各卷所引大同小異，動多刪節或以意綴之。卷二十四引與二
徐本同而無「一曰嬥也」四字，竊以爲應以此引爲是。
段玉裁「嬈」下注曰：「上文『嬥』下曰『嬈也』，二篆爲轉注，亦『考』、『老』

之例，然『燿』之訓『嬈』即謂苛也，擾也，不當有此『一曰燿也』四字。」此說極是，慧琳《音義》「嬈」字凡十一引皆未有「一曰燿也」四字，是古本無此四字。

《韻會》「㜺」下云：「戲相擾也。通作嬈。」二徐曰：「擾，戲弄也。」是亦以「嬈」為通用字，玄應引《三蒼》亦有「㜺」字，慧琳引《考聲》、引《博雅》：「古文作㜺」，許書古本或有「㜺」重文。

斐 卷九十八《廣弘明集》「斐斐」注引《說文》：「往來斐斐也。從女，非聲。」
二徐本：「往來斐斐也。一曰：醜兒。從女，非聲。」
案：慧琳節引《說文》無「一曰醜兒」四字。

婥 卷七十九《經律異相》「華婥」注引《說文》：「從女，卓聲。」
案：二徐本訓「女病也」。慧琳未引訓義。

媿 卷三十一《大乘入楞伽經序》「媿惡」注引《說文》：「從女，鬼聲。」
案：二徐本訓「慙也」，慧琳未引訓義。

嬈 卷五十四《雜阿含經》「憂嬈」注引《說文》：「有所恨痛也。」
大徐本：「有所恨也。從女，㐱聲。今汝南有所恨曰嬈。」
小徐本：「有所恨痛也。從女，㐱省聲。今汝南有所恨言大嬈。」
案：慧琳引與小徐本合。小徐曰：「事過而好恨痛者，婦人之性也。」此說亦有「痛」字，與慧琳引合，當從之。

婒 卷八十八《釋法琳本傳》「婒節」注引《說文》：「從女，夸聲。」
二徐本無。
案：《字林》：「婒，大也。」《楚辭》王注：「婒，好也。」《古今正字》、《廣韻》並云：「奢兒。」《韻會》「婒」下云：「好也。」與《楚辭》王注同，並未著所出。段注本亦無「婒」字，竊疑或係慧琳以《字林》誤入《說文》者。

嬉 卷十六《發覺淨心經》「嬉戲」注引《說文》：「樂也。」卷三十二引《說文》：「樂也。從女，喜聲。」卷四十四、卷四十六引同。卷七十八引《說文》：「從女，喜聲。」
二徐本無。
案：丁氏《說文解字詁林》所集各本皆無「嬉」字，卷十六注云：「《說文》：樂也，《說文》作娛。」娛，樂也，是慧琳以「娛」字說解訓「嬉」，並誤以「嬉」字為《說文》所有字也。

女　部（以下諸字皆引同二徐本，茲存而不論）

媲　卷八十八《集沙門不拜俗議》「媲偶」注引《說文》:「妃也。從女,毘聲。」卷九十八未引訓義。

妊　卷三十二《彌勒下生成佛經》「懷妊」注引《說文》:「孕也。從女,從壬。壬亦聲。」卷十二引同。

娠　卷三十二《藥師經》「布娠」注引《說文》:「女妊身動也。從女,辰聲。」卷六十二、卷八十一未引訓義。

姝　卷十五《大寶積經》「姝麗」注引《說文》:「好也。從女,朱聲。」卷十七、卷三十九、卷五十三引同、卷十六、卷三十一未引訓義。

媆　卷三十九《不空羂索經》「媆澤」注引《說文》:「好也。從女,兌聲。」

嫺　卷十九《寶女所問經》「嫺睒」注引《說文》:「雅也。」

娛　卷三十一《佛說楞嚴三昧經》「娛樂」注引《說文》:「樂也。從女,吳聲。」卷四十三引同。

媅　卷六十八《阿毗達磨大毗婆沙論》「耽嗜」注引《說文》:「樂也。從女,甚聲。」卷五十三、卷二十七引同。

妒　卷十三《大寶積經》「妒心」注引《說文》:「婦妒夫也。從女,戶聲。」卷十四、卷二十七、卷三十九、卷一百引同。

嫈　卷二十四《方廣大莊嚴經》「嫈嫇」注引《說文》:「小心態也。從女,熒省聲。」

媮　卷四十六《文殊悔過經》「懷媮」注引《說文》:「巧黠也。從女,俞聲。」

嬒　卷三十九《不空羂索經》「以嬒」注引《說文》:「含怒也。一曰:難知也。從女,會聲。」

婉　八十《大唐內典錄》「婉密」注引《說文》:「順也。從女,宛聲。」卷七十六、卷八十、卷九十六、卷九十七未引訓義。

嫡　卷七十七《釋迦氏略譜》「系嫡」注引《說文》:「孎也。從女,商聲。」

姿　卷十七《如幻三昧經》「姿豔」注引《說文》:「態也。從女,次聲。」

孅　卷四十六《大智度論》「孅指」注引《說文》:「銳細也。」

戀　卷九十六《弘明集》「婉戀」注引《說文》:「慕也。從女,䜌聲。」

嫌　卷六十二《根本毗奈耶雜事律》「譏嫌」注引《說文》:「不平於心也。一云:疑也。從女,兼聲。」卷七引同。卷五、卷六、卷八、卷四十一、卷六十五、卷七十六未引全文。

嫽　卷二十六《大涅槃經》「嫽慝」注引《說文》:「私逸也。」卷四十四引《說文》:「私逸也。從女,㒭聲。」

姦　卷十四《大寶積經》「姦詐」注引《說文》:「私也。」

民　部

氓　卷八十四《古今譯經圖記》「氓俗」注引《說文》：「從民，亡聲。」

二徐本：「民也。從民，亡聲。讀若盲。」

案：慧琳未引訓義。

戈　部

戈　卷六《大般若經》「兵戈」注引《說文》：「平頭戟也。從弋，一橫之。象形。」

案：引與二徐本同。

肇　卷八十三《玄奘法師傳》「肇生」注引《說文》：「始開也。」

案：肇後漢和帝名也，各本皆云「上諱」。許書原本皆無篆體，亦無說解，其詁訓形聲俱不言，慧琳此引係據他書而以爲《說文》者明矣。

戟　卷七十四《佛本行讚傳》「劍戟」注引《說文》：「從戈，𢀖聲。」

案：二徐本訓「有枝兵也。」慧琳未引訓義。

戰　卷三《大般若經》「戰慄」注引《說文》：「從戈，單聲。」

案：慧琳未引訓義，二徐本皆訓「鬪也。」

截　卷三十《大方廣寶篋經》「斫截」注引《說文》：「斷也。從戈，雀聲。」卷四十、卷八十七引同。

案：引與二徐本同。

戋　卷八十七《十門辯惑論》「戋窮」注引《說文》：「殺也，今聲。」

卷八十三《玄奘法師傳》「戋亂」注引《說文》：「勝也。從戈，今聲。」

二徐本：「殺也。從戈，今聲。〈商書〉曰：西伯既戋黎。」

案：卷八十七慧琳引《尚書》孔注云：「戋，勝也。」《大傳》云：「克也」。卷八十五戡下注引《考聲》云：「刺也。」並云：「《尚書》從今作戋，勝也。」引《說文》：「殺也。」。《文選》李陵〈答蘇武書〉李善注：「《說文》作戡。戡，勝也。」是「戋」訓「殺」及訓「勝」，「戡」訓「刺」，又訓「勝」。「戋」、「戡」訓義微有不同，而古多通用。竊疑許書古本「戋」、「戡」二篆並有「一曰勝也」四字。

戮　卷十五《大寶積經》「刑戮」注引《說文》：「從戈，翏聲。」卷四十三、卷五十三、卷九十二並同。

案：慧琳未引訓義，二徐本並訓：「殺也。」

戲　卷四十九《順中論》「戲弄」注引《說文》：「三軍之偏也。一曰：兵也。從戈，虖聲。」卷十四、卷二十、卷二十四、卷三十五、卷四十一、卷六十四、卷七

十九、卷八十、卷九十四、卷一百皆未引訓義。

案：引與二徐本同。

戩　卷八十五《辯正論》「戡戩」注引《說文》：「滅也，除也。從戈，晉聲。」

二徐本：「滅也。從戈，晉聲。《詩》曰：實始戩商。」

案：各本皆無「除也」二字，竊疑或慧琳綴以己意者。

戠　卷七十五《惟日雜難經》「不戠」注引《說文》：「藏兵也。從戈，昌聲。」卷七十八、卷八十八引同。

案：引同二徐本。

戉　部

戉　卷九十五《弘明集》「授戉」注引《說文》：「大斧也。」卷八十三、卷二十引同。

小徐本段注本：「大斧也。從戈，乚聲。《司馬法》曰：夏執玄戉，殷執白戚，周左杖黃戉，右把白旄。」

案：戉，大斧也。慧琳引與小徐本、段注本同。大徐本作「斧也。」奪一「大」字。

我　部

我　卷一《三藏聖教序》「二儀」注引《說文》：「從手，從戈」。

卷四《大般若經》「坒我」注引《說文》：「於身自謂也。從手，從戈。」

小徐本：「施身自謂也。或說：我，頃頓也。從戈，從牛。「牛」古文垂也。一曰古文殺字。」

大徐本：「施身自謂也。或說：我，頃頓也。從戈，從牛。「牛」，或古垂字。一曰古殺字。」

案：各本皆作「從戈從牛」，慧琳引作「從手」，，竊疑或係傳寫所誤也。又「於身自謂也」亦應為「施身自謂也」之譌。

義　卷一《三藏聖教序》「二儀」注引《說文》：「從羊，從我。」

二徐本：「己之威儀也。從我，從羊。」

案：慧琳未引訓義。

亡　部

亡　卷一《仁王般若經》「亡喪」注引《說文》：「逃也。從入，從乚。」

案：引與二徐本同。

望　卷三十三《轉女身經》「不望」注引《說文》：「從亡，從夕，從壬。」

　　二徐本：「出亡在外，望其還也。從亡，望省聲。」

　　案：慧琳未引訓義，引《說文》：「從亡從夕從壬」非是，應從二徐本。

匃　卷三十一《佛說如來智印經》「乞匃」注引《說文》：「乞也。亡，人為匃也。」

　　卷三十三《佛說長者子制經》「匃食」注引《說文》：「乞也，人亡財物則乞匃也。」

　　卷四十五引同，並云：「從人，從亡。」

　　卷四十一《六波羅蜜多經》「乞匃」注引《說文》：「人亡財物則行乞。從人、從亡，不從包也。」

　　卷七十八《經律異相》「乞匃」注：「《說文》：從亡，從人。若人亡財物即乞匃。」

　　大徐本：「气也。逯安說：亡，人為匃。」

　　小徐本：「气也。亡，人為匃，逯安說。」

　　案：慧琳《音義》引「乞也」二字有三見，小徐曰：「伍子胥出亡匃食於吳市。」此引證逯安之說也，「亡也」二字之下應有從某從某等字，慧琳所引「從人從亡」確為許書所有，否則從人從勹，應入於九篇「勹」部。許叔重云：「郡國亦往往於山川得鼎彝，其銘即前代之古文。」考之鐘鼎彝器正作凶，許氏此字不入「勹」部，而列於「亡」部者，是所見正從人從亡，可知說解中應有「從人，從亡」四字，二徐本奪失之。

　　又：「人亡財物則乞匃。」慧琳屢引之，並非羼入者甚明。蓋從人從亡，則「人亡財物則乞匃」為字之本訓，「亡，人為匃」是旁引通人別一說也。

匸　部

區　卷十九《大集賢護菩薩經》「區別」注引《說文》：「從品。品，類別也。從匸。匸，隱匿也。」

　　大徐本：「踦區，藏匿也。從品，在匸中。品，眾也。」

　　小徐本：「踦區，藏隱也。從品，在匸中。品，眾也。」

　　案：《韻會》引作「藏隱也」，無「踦區」二字，疑「踦區」二字蓋涉「骹」、「膈」而誤衍文也，慧琳所據古本「從品，從匸」，「品，類別也。匸，隱匿也」，蓋其注語。二徐本作「從品，在匸中，品，眾也」，所據本如是，亦恐非原文也。

匿　卷七十二《阿毗達磨顯宗論》「匿己」注引《說文》：「亡也。」

　　案：引與二徐本同。

匹　卷一百《廣弘明集》「二匹」注引《說文》：「四丈也。從匸，從八。八撲一匹，八亦聲。」

案：引與二徐本合。

匚　部

匠　卷十四《大寶積經》「巧匠」注引《說文》：「木工也。」卷六、卷八引同。
　　案：引與二徐本同。

匧　卷七十三《五事毗婆沙論》「身匧」注引《說文》：「械也。」卷二十九、卷三十
　　九、卷四十、卷八十五皆引同。
　　卷五《大般若經》「箱篋」注引《說文》：「笥也。」卷七引同。
　　大徐本：「藏也。」小徐本：「械，藏也。」
　　案：木部「械」下曰：「匧也。」是二篆爲轉注，段氏注云：「臧字似衍，《玉篇》
　　作緘也，乃械之誤。」慧琳五引皆作「械也。」自是許書古本第一義也。
　　又慧琳《音義》兩引作「笥也。」爲又一義也。《文選》應璩〈百一詩〉，任彥
　　升〈出郡傳捨哭范僕射〉、謝惠連〈擣衣〉注皆引《說文》：「笥也。」可證許書
　　古本又有此又一義也。

匜　卷九十九《廣弘明集》「瓶匜」注引《說文》：「似羹魁。柄中道可以注水也。」
　　案：慧琳引與大徐本同，小徐本「水」下有「酒」字非是。

匱　卷十二《大寶積經》「匱乏」注引《說文》：「匣也。從匚，貴聲。」
　　案：引與二徐本同，慧琳《音義》此字凡十引。

瓦　部

瓦　卷六《大般若經》「瓦礫」注引《說文》：「土器也。象形。」
　　二徐本：「土器已燒之總名。象形也。」
　　案：引與二徐本合。

甍　卷八十三《玄奘法師傳》「甍榱」注引《說文》：「屋棟也。從瓦、夢省聲。」慧
　　琳引此字凡八見。
　　案：引與二徐本同。

甌　卷五十一《成唯識論》「瓶甌」注引《說文》：「小盆也。」
　　案：引與二徐本同。

甓　卷九十四《高僧傳》「構甓」注引《說文》：「從瓦，辟聲。」
　　案：慧琳未引訓義。小徐作：「瓴甓」，與《爾雅》同，俗字也。〈陳風〉：「中唐
　　有甓」《傳》曰：「甓，令適也。」土部「墼」字解亦云：「令適。」《考工記》
　　注作「令甓」，大徐本作「瓴甓」。竊以爲應以「令適」爲是。

甎　卷五十三《起世因本經》「甎土」注引《說文》：「甋甎也。從瓦，專聲。」卷三
　　十四，卷八十三皆引《說文》：「從瓦，專聲。」

二徐本無。

案：慧琳《音義》卷三十四、卷八十三皆引《埤蒼》云：「甋甎也。」卷五十三
則直云：「《說文》：甋甎。從瓦，專聲。」竊疑此字許書本無，慧琳誤以《埤蒼》
入《說文》者。

瓨　卷五十三《起世因本經》「鐵瓨」注引《說文》：「似罌，長頸，受十升。從瓦，
　　工聲。」

案：引與二徐本同。

弓　部

弓　卷二十五《大般涅槃經》「弓弩」注引《說文》：「以近窮遠也。」

案：引與二徐本同。

弭　卷九十四《高僧傳》「將弭」注引《說文》：「弭，弓末也。」亦云：「弭，反也。
　　從弓，耳聲。」卷五十四、卷八十三引《說文》：「從弓，耳聲。」

二徐本：「弓無緣，可以解轡紛者。從弓，耳聲。」

案：慧琳先引《毛詩傳》云：「弭，止也。」何休注《公羊傳》云：「未息也。」
賈注《國語》云：「忘也。」次引《說文》如前，與今本《說文》全異。《廣韻》：
「弓末也。」《詩》：「象弭魚服」《毛傳》：「象弭，弓反末也，所以解紛也。」
《禮記・曲禮・釋文》：「弭，弓末也。」《文選・吳都賦》「貝冑象弭」劉琮注：
「弭，弓末也。」此弭訓「弓末」又有反義之證。慧琳引《說文》如此，決非
誤以他書為許書也。

又：「弓無緣者謂之弭」，見《爾雅・釋器》。《左傳・僖二十三年》傳：「其左執
鞭弭。」注云：「弭，弓末無緣者。」是「無緣者」上有「弓末」二字，可證二
徐本有奪失之字。

引　卷四十一《大乘理趣六波羅蜜多經》「汲引」注引《說文》：「開弓也。」

案：與二徐本同。

弘　卷二十《寶星陀羅尼經》「專弘」注引《說文》：「大也。從弓，厶聲。」

二徐本：「弓聲也。從弓，厶聲。」

案：各本皆作「弓聲也。」《爾雅》、《廣雅》正作「大也」，是慧琳誤以他書說
解為許書說解也。

弩　卷八《大般若經》「弓弩」注引《說文》：「弓有臂者曰弩。從弓，奴聲。」

案：引與二徐本合。

彀　卷九十五《弘明集》「彀弓」注引《說文》：「張弩也。從弓，彀聲。」

案：與二徐本同。

弭　卷八十七《破邪論》「弭篡」注引《說文》：「帝嚳斁官也，夏少康滅之。從弓，开聲。」

案：引與小徐本同，大徐本奪一「也」字。

彈　卷四十五《梵網經》「彈某」注引《說文》：「從弓，單聲。」

案：慧琳未引訓義。二徐本：「行丸也。從弓，單聲。」

弴　卷七十三《入阿毗達磨論》「置弴」注引《說文》：「從弓，從掠省聲。」

二徐本無。

案：《韻會》引《字林》：「施器於道。」慧琳引文云：「從掠省聲。」慧琳《音義》卷七十六、卷八十四並引有「掠」字，大徐列於新附，可證許書古本有「掠」，並有「弴」字，後皆奪失。大徐校定存「掠」而未及「弴」，或疑其出於《字林》，非也。

彎　卷十八《十輪經》「彎弓」注引《說文》：「持弓關矢也。」

案：引與二徐本同。

發　卷十八《十輪經》「發軫」注引《說文》：「䠶發。從弓、癹。箭發聲也。」

二徐本：「䠶發也。從弓，癹聲。」

案：慧琳《音義》卷一「發引」注引《說文》亦有「箭發聲也」四字，癶部「癹」讀普活切，音「撥」，以足蹋夷草。慧琳兩引皆作「箭發聲」，當有所本，惜無可印證，存疑可也。

弜　部

弼　卷十《新譯仁王經》「弼我」注引《說文》：「從弜，丙聲。」

案：慧琳未引訓義，二徐本訓作「輔也，重也。」

系　部

系　卷九十三《高僧傳》「帝系」注引《說文》：「繫也。從系，ノ聲。」卷七十七、卷八十三引同。

《一切經音義》引《說文》考　第十三

系　部

繭　卷九十九《廣弘明集》「淪繭」注引《說文》：「蠶衣也。從系，從虫，從芇。」
　　卷十七、卷十五引同。卷三十一、卷八十五皆作「從芇聲」。卷十七並云「芇音
　　眠」。
　　大徐本：「蠶衣也。從系，從虫，芇聲。」小徐本：「蠶衣也。從系，從虫，芇
　　聲。」
　　案：段注本據《五經文字》訂正作「從系，從虫，從芇」，正與慧琳同。段氏云：
　　「芇聲，各本作黹省，黹不得爲繭。會意。《韵會》：黹省聲，黹上從二十并，
　　亦非也。《五經文字》曰：從虫，從芇，芇音綿。許書屮部有芇，字相當也，
　　讀若宀，張參所據本是矣，今據正。」由此可證慧琳所據本爲許書古本無疑。
繹　卷十一《大寶積經序》「尋繹」注引《說文》：「抽絲也。從系，睪聲。」卷十五
　　引同。
　　案：引與二徐本同。
緒　卷五十一《寶生經》「問緒」注引《說文》：「緒端也。從系，者聲。」
　　案：各本皆作「絲耑也。」竊疑此引係傳鈔譌誤也。
緬　卷十《新譯仁王經序》「緬尋」注引《說文》：「微絲也。從系，面聲。」卷八十
　　二、卷八十三、卷八十八、卷一百皆未引訓義。
　　案：引與二徐本同。
純　卷三十九《不空羂索經》「純白」注引《說文》：「從絲，屯聲。」
　　案：慧琳未引訓義。二徐本：「絲也。從系，屯聲。《論語》曰：今也純儉。」
絓　卷九十五《弘明集》「絓諸」注引《說文》：「繭滓，絓頭。伯囊絮。從系，圭聲。」

卷八十一、卷八十六未引訓義。

二徐本：「繭滓，絓頭也。一曰：以囊絮練也。從絲，圭聲。」

案：慧琳此引奪失誤之處至爲顯明，應以二徐本爲是。

綜　卷八十九《高僧傳》「博綜」注引《說文》：「機縷，持絲交織者也。從系，宗聲。」
卷六十二、卷五十九、卷五十四、卷二十四、卷十四引《說文》皆作：「機縷持絲交者。從系，宗聲。」

二徐本：「機縷也。從糸，宗聲。」

案：玄應《音義》引《說文》：「機縷也，謂機縷持絲交者也。」段氏云：「謂字以下八字爲注語。」慧琳各卷所引皆如此，確非玄應所加，《三蒼》云：「綜理經也，謂機縷持絲交者。」自是古義，上文「紝」訓「機縷也」，此字亦訓「機縷也」，則混爲一字矣。卷八十九引「織」字，應爲衍文。

續　卷八十四《古今譯經圖記》「續挍」注引《說文》：「織餘也。從絲，賣聲。」卷三十九、卷八十六未引訓義。

案：引與二徐本同。

纇　卷三十五《一字奇特佛頂經》「結纇」注引《說文》：「絲節也。從糸，頪聲。」

案：引與二徐本同。

紿　卷九十五《弘明集》「詐紿」注引《說文》：「從糸，台聲。」

案：慧琳未引訓義。二徐本：「絲勞即紿。從糸，台聲。」

緯　卷九十五《弘明集》「讖緯」注引《說文》：「橫織絲也。從糸，韋聲。」

案：各本皆作「織橫絲也。」義同。

繼　卷四十五《優婆塞戒經》「繼嗣」注引《說文》：「續也。從糸，㡭聲。」卷七十引《說文》：「續也。從糸、從㡭，㡭亦聲。」

二徐本：「續也。從糸、㡭。一曰：反𢇍爲繼。」

案：《韻會》引小徐本作「從糸㡭聲」與慧琳引同，可證應有「聲」字。

紹　卷三《大般若經》「能紹」注引《說文》：「繼也。」

案：引與二徐本同。

紓　卷八十一《神州三寶感通錄》「用紓」注引《說文》：「從糸，予聲。」

案：慧琳未引訓義。二徐本：「緩也。從糸，予聲。」

纏　卷一《大般若經》「纏擾」注引《說文》：「約也。從糸，㕓聲。」卷五、卷三十二、卷五十、卷五十一、卷六十九引同。

二徐本：「繞也、束也。」《韻會》引小徐本：「繞也。一曰：束也。」慧琳《音義》引「纏」字凡六見皆作：「約也。」是此字有三訓，大徐佚其二。本部「約，

纏束也」；「繞、纏也」；「纏、繞也」，三字互訓，未可偏廢。

縱　卷十八《十輪經》「容縱」注引《說文》：「從系，從聲。」卷八十四引同。

　　案：二徐本：「緩也，一曰：舍也。從糸，從聲。」慧琳未引訓義。

辮　卷五十九《四分律》「辮髮」注引《說文》：「交織也。」

　　卷三十三《大乘伽耶山頂經》「辮髮」注引《說文》：「交織之也。」

　　卷四十《底哩三昧耶經》「辮髮」注引《說文》：「交也。從糸，辡聲。」

　　二徐本：「交也。」

　　案：玄應《音義》《阿毗曇心論》「辮髮」注引《說文》：「交織也。」《後漢書・張衡傳》注引《說文》亦作「交織也。」是許書古本作「交織也。」二徐本、卷四十皆奪「織字」、卷三十三引「之」字應爲衍文，應以卷五十九引并玄應所引爲是。

締　卷八十《大唐內典錄》「締構」注引《說文》：「結不解也。從糸，帝聲。」卷八十三、卷八十五、卷八十七、卷八十八引同。

　　卷八十一《神州三寶感通錄》「締構」注引《說文》：「結不解也，又固也。」

　　二徐本：「結不解。從糸，帝聲。」

　　案：「結不解也」即固之義，慧琳《音義》引「締」字凡六見，各卷皆引與二徐本同，惟卷八十一引獨異，當係兼引他書無疑。

縛　卷一《大般若經》「無縛無解」注引《說文》：「束也。從糸，從博省聲。」卷三引同。

　　案：二徐本皆作「從糸，專聲。」此字讀符鑊切，自以從博省聲爲是。

給　卷四十一《六波羅蜜多經》「賙給」注引《說文》：「相供足也。從糸，合聲。」

　　二徐本：「相足也。從系，合聲。」

　　案：二徐本無「供」字，《國語・周語》「財不給」注：「給，供也。」人部「供」：「設也。一曰：供給也。」共部「龔」：「給也。」「供」、「龔」音義同，「供」、「給」二字互訓，可證二徐本奪一「供」字，二徐作：「相足也」，語義不完，應以慧琳所引爲是。

紈　卷八十七《破邪論》「白紈」注引《說文》：「從糸，丸聲。」

　　案：慧琳先引許叔重云：「素也。」次引《說文》，與二徐本引同。

繒　卷二十《寶星經》「繒綵」注引《說文》：「帛之總名也。」

　　卷四十二《一字頂輪瑜伽》「繒罄」注引《說文》：「帛之輕者總名也。古文從辛作綝，訓同。」

　　卷二十《華嚴經》「繒纊」注引《說文》：「帛也。」

二徐本：「帛也。從糸，曾聲。」

案：卷二十「繒纊」注與二徐本同。七篇「帛」下曰「繒也」，是「繒」、「帛」二字轉注，竊疑卷二十「繒采」注、卷四十二「繒磬」注係慧琳據《漢書》注以爲許書，《漢書・灌嬰傳》：「灌嬰，睢陽販繒者也。」注云：「繒者，帛之總名。」卷四十二「輕者」二字當爲誤衍。

綺　卷八《大般若經》「綺蓋」注引《說文》：「有文繒也。」卷十三、卷二十、卷八十五引同。

二徐本：「文繒也。從糸，奇聲。」

案：「文繒也」與「有文繒也」，義本無殊，慧琳屢引有「有」字，是許書古本如是也。

縑　卷九十二《高僧傳》「縑纊」注引《說文》：「合絲繒也。」

二徐本：「并絲繒也。」

案：引與二徐本義合。

繡　卷六十六《集異門足論》「繡綾」注引《說文》：「五色備也。」卷八十五未引訓義。

二徐本：「五采備也。從糸，肅聲。」

案：〈考工記〉：「畫繪之事五采，五采備謂之繡。」慧琳卷六十六引〈考工記〉并誤作「五色備。」應以二徐本爲是。

絢　卷九十三《高僧傳》「絢彩」注引《說文》：「從糸，旬聲。」卷八十八引同。

案：二徐本：「《詩》云：素以爲絢兮。從糸，旬聲。」慧琳未引全文。

繪　卷九十七《廣弘明集》「繪飾」注引《說文》：「從糸，會聲。」

二徐本：「會五采繡也。《虞書》曰：山龍華蟲作繪。《論語》曰：繪事後素。從糸，會聲。」

案：慧琳未引訓義。

絀　卷八十八《集沙門不拜俗議》「絀以」注引《說文》：「從系，出聲。」

二徐本：「絳也。從糸，出聲。」

案：慧琳未引訓義。

絳　卷八十三《玄奘法師傳》「絳色」注引《說文》：「赤也。從糸，夅聲。」

案：各本皆作「大赤也」，慧琳奪一「大」字。

綰　卷三十九《不空羂索經》「梳綰」注引《說文》：「從糸，官聲。」卷一百引同。

二徐本：「惡也。絳也。從糸，官聲。」

案：慧琳未引訓義。二徐本衍「也」字。「粊」下云「惡米也」；「繫」下云：「惡

絮也」，「縮」者謂絳色之惡者也，應作「惡絳也。」

絔　卷八十一《大唐西域求法高僧傳》「絔紳」注引《說文》：「帛作赤白色曰絔。」
卷九十二引《說文》：「從糸，晉聲。」
二徐本：「帛赤色也。《春秋傳》曰：絔雲氏。《禮》有『絔緣』。從糸，晉聲。」
案：《後漢書・蔡邕傳》注引《說文》：「赤白色也。」《玉篇》：「絔，帛赤白。」
可證慧琳所據古本尚未奪「白」字。

緹　卷十《新譯仁王經》「緹油」注引《說文》：「帛赤黃色也。」卷九十八、卷九十
九引同。
卷九玄應撰《道行般若經》（慧琳並撰）「緹縵」注引《說文》：「帛赤黃色也。」
又云：「即繰色也。」
二徐本：「帛丹黃色。從糸，是聲。」
案：鄭注草人曰：「赤緹，繰色也。」〈酒正五齊〉注曰：「緹者成而紅赤。」玄
應曰：「即繰色也」正與上說同。繰，帛赤黃色也。慧琳屢引「緹」字亦作「帛
赤黃色也」，是許書古本如是。

纔　卷八十八《集沙門不拜俗議》「纔高」注引《說文》：「從糸，毚聲。」卷四十七、
卷四十二引同。
二徐本：「帛雀頭色也。一曰：微黑色如紺。纔，淺也。讀若譏。從糸，毚聲。」
案：慧琳未引訓義。

紘　卷八十三《玄奘法師傳》「八紘」注引《說文》：「從糸，厷聲。」卷八十八引同。
二徐本：「冠卷也。從糸，厷聲。」
案：慧琳未引訓義。段注本依《玉篇》補「維」字，作「冠卷維也。」卷八十
五慧琳引許叔重云：「維也。」〈士冠禮〉注云：「有笄者屈組為紘垂為飾。」有
笄者謂冕弁之紘，紘字訓義應以段注本為是。

紺　卷四《大般若經》「紺青」注引《說文》：「帛染青而揚赤色也。」卷五十五、卷
五十九引同。
卷八十五《辯正論》「紺翠」注引《說文》：「綵帛深青而揚赤色也。從糸，甘聲。」
卷四十《大力金剛成就諸願經》「紺青色」注引《說文》：「深青而揚赤色也。」
卷九十八引同。
二徐本：「帛深青揚赤色。從糸，甘聲。」
段注本：「帛深青而揚赤色也。」（而字依《文選注》補）
案：《音義》卷三引《字林》：「帛深青而揚赤色。」與卷四、卷五十五、卷五十
九引同，是慧琳此三卷誤以《字林》為許書。《文選》李善注張景陽〈七命〉：「玄

采紺發」引《說文》:「深青而赤色。」禰正平〈鸚鵡賦〉:「紺趾丹觜」注引《說文》:「深青而揚赤也」,顏師古注《漢書》多本《說文》,其注〈王莽傳〉云:「紺,深青而揚赤色。」與慧琳卷四十、卷九十八引合,是許書古本如是。

綏　卷九十九《廣弘明集》「青綏」注引《說文》:「繼冠纓也。」

二徐本:「糸冠纓也。從糸,委聲。」

案:《韻譜》正作「繼冠纓也。」《玉篇》亦同,可證「系」爲「繼」之譌。

縟　卷九十四《高僧傳》「縟錦」注引《說文》:「繁采飾也。從糸,辱聲。」

卷七十七引作「繁也,采飾也。」卷九十八兩引皆同卷九十四。

二徐本:「繁采色也。從糸,辱聲。」

案:《文選》〈西京賦〉、〈月賦〉、〈景福殿〉、劉越石〈答盧諶詩〉李善注引《說文》皆作:「繁采飾也。」段氏即據此訂正,可證許書古本如是。卷七十七引作二義,或係後人傳鈔譌誤。

紳　卷九十七《廣弘明集》「搢紳」注引《說文》:「從糸,申聲。」卷八十四、卷八十六引同。

案:二徐本訓「大帶也。」慧琳未引訓義。

緣　卷三十九《不空羂索經》「緣外」注引《說文》:「從糸,彖聲。」

案:二徐本訓「衣純也。」慧琳未引訓義。

緇　卷八十一《大唐西域求法高僧傳》「授緇」注引《說文》:「帛黑色曰緇。從糸,甾聲。」卷八十八、卷九十、卷九十七未引訓義。

卷九十八《廣弘明集》「緇其」注引《說文》:「白衣黑色也。」

二徐本:「帛黑色也。從糸,甾聲。」

案:慧琳卷八十一引與二徐本義同、卷九十八引《說文》「白衣」二字爲「帛」字之譌至爲顯明。

絛　卷四十《聖迦抳忿金剛童子求成就經》「罥絛」注引《說文》:「編絲也。從糸,攸聲。」卷六十九《阿毗達磨大毗婆沙論》「金絛」注引《說文》:「織成也。」

二徐本:「扁緒也。從糸,攸聲。」

案:慧琳引鄭注《周禮》云:「其樊纓以絛絲飾之。」《考聲》:「絛,織絲如繩然也。」《韻會》引《廣韻》云:「編絲繩也。」是經注字書皆從編絲之義,織成義亦相同。二徐作「扁緒」當係「編緒」之譌,《廣雅》作「編緒」是其證也。本部「緒,絲耑也」,編絲即編緒,傳寫之本略有異同,其義仍合。段氏以爲《漢書》及賈生《新書》作「偏諸」,謂「偏諸」爲「編諸」,即「絛」字之訓義,似未可從。

紃　卷九十二《高僧傳》「相紃」注引《說文》：「紃，謂圓繞也。從糸，川聲。」
二徐本、段注本：「圜采也。從糸，川聲。」
案：慧琳《音義》引《說文》有「謂」字有「猶」字者，往往係綴以己意者，
此字各本皆作「圜采也」，應以二徐本、段注本爲是。

縈　卷三十一《新翻密嚴經》「氣縈」注引《說文》：「收卷絲麻也。從糸，從熒省聲。」
卷三十八《文殊師利根本大教王經金翅鳥王品》「縈繞」注引《說文》：「收卷也。
從糸，熒省聲。」卷四十二、卷六十、卷六十二、卷六十三、卷六十九引同。
二徐本：「收卷也。從糸，熒省聲。」
案：慧琳《音義》引《說文》「縈」字凡八見，其七皆同二徐本，是許書古本如
是也。惟卷三十一引《說文》獨異他卷，竊疑此引係慧琳雜揉己意以出之者。

紖　卷八十八《集沙門不拜俗議》「紖緰」注引《說文》：「從糸，刄聲。」
案：二徐本訓「繂繩也」。慧琳未引訓義。

纍　卷三十一《大乘密嚴經》「纍紲」注引《說文》：「大索也。從糸，畾聲。」
二徐本：「綴得理也。一曰：大索也。從糸，畾聲。」
案：慧琳未引全文。

紛　卷九十四《高僧傳》「紛紜」注引《說文》：「從糸，分聲。」卷十一、卷四十二
引同。
案：二徐本訓「馬尾韜也」。慧琳未引訓義。

絆　卷五十五《佛說五苦章句經》「絆繫」注引《說文》：「馬縶也。從糸，半聲。」
並云：「縶與縶字義同。」
二徐本：「馬縶也。從糸，半聲。」段注本：「馬縶也。從糸，半聲。」
案：慧琳引與二徐義合。段注云：「馬部縶下曰：馬絆也，與此爲轉注。」「縶」
字小篆作 ，段氏云：「〇象絆之形，隸書作縶，失其意矣。」可證慧琳所引
爲許書古本無疑。

紖　卷五十八《十誦律》「挽紖」注引《說文》：「牛索也。」
卷六十一《苾芻尼律》「紖促」注引《說文》：「牛糸也。」
大徐本：「牛系也。從糸，引聲。」
小徐本：「牛糸也。從糸，引聲。」
案：卷六十一引與小徐本同。糸者細絲也，繫牛者不當用細絲，竊以爲作「牛
糸也」非是。慧琳云：「《周禮》：牛則挽紖也，馬則執韁是也。」應以卷五十八
爲是。

緪　卷一百《法顯傳》「懸緪」注引《說文》：「大索也。從糸，恒聲。」

卷八十三《玄奘法師傳》「緪鏁」注引《說文》：「索也。從糸，恒聲。」卷八十引同。

二徐本：「大索也。一曰：急也。從糸，恒聲。」

案：卷一百引與二徐本同、卷八十、卷八十三引皆奪一「大」字。

綆 卷二十六《大般涅槃經》「罐綆」注引《說文》：「汲井綆也。」

二徐本：「汲井綆也。從糸，更聲。」

案：卷六十二引與二徐本同。卷二十六引作「汲井繩也」，竊疑慧琳蓋以重言「綆」字，其義不明，故易之以「繩」字。

繫 卷三《大般若經》「繫縛」注引《說文》：「從糸，毄聲。」

案：二徐本訓「繫繺也。一曰：惡絮。」慧琳未引訓義。

綢 卷九十二《高僧傳》「綢繆」注引《說文》：「從糸，周聲。」

案：二徐本訓「繆也」。慧琳未引訓義。

縕 卷八十九《高僧傳》「檻縷」注引《說文》：「從糸，昷聲。」

案：二徐本訓「紼也」。慧琳未引訓義。

絣 卷九十七《廣弘明集》「絣繩」注引《說文》：「從糸，并聲。」

案：二徐本訓「氐人殊縷布也」。慧琳未引訓義。

緻 卷七十八《經律異相》「賈緻」注引《說文》：「從糸，致聲。」卷七十四引《說文》：「從糸。」

案：二徐本訓「密也」。慧琳未引訓義。

紵 卷五十九《四分律》「毊紵」注引《說文》：「檾屬，細者爲絟，布白而細曰紵，亦草名也。」

卷五十二《中阿含經》「爲紵」注引《說文》：「檾屬也，亦艸名也，作布細而白者也。」（玄撰，慧琳重撰）

卷八十一《集神州三寶感通錄》「種紵」注引《說文》：「檾屬，細者也。從糸，宁聲。」卷八十三引無「細者」二字。卷七十六、卷八十五皆未引訓義。

二徐本：「檾屬。細者爲絟，粗者爲紵。從糸，宁聲。」

案：《周禮》枲掌布緦縷紵之麻艸之物，白而細疏曰紵，此紵爲細者之證。玄應、慧琳所引大同小異，皆不作「粗者」，可證二徐本顯有竄改，與古義不合。段注《說文》據卷十二、十五訂正爲：「檾屬，細者爲絟，布白而細曰紵。從糸，宁聲。」與慧琳所引正合。

緋 卷四十《十一面觀自在菩薩心密語儀軌經》「緋縷」注：「《說文》並從糸，非、婁皆聲。」

大徐本列於新附：「帛赤色也。從糸，非聲。」

案：慧琳未引訓義。

彝　卷八《大唐內典錄》「彝訓」注引《說文》：「器也，象形，與爵同。從糸，廾。持器中實，實即米也。從彑，彑亦聲。」

卷九十一《高僧傳》「彝倫」注引《說文》：「彝，宗廟常器。象形字也。從米，從糸，從廾。音拱。拱，持器中實也。彑聲。」

二徐本：「宗廟常器也。從糸。糸，綦也。廾，持。米，器中實也。彑聲。此與爵相似。《周禮》六彝：雞彝、鳥彝、黃彝、虎彝、蟲彝、斝彝，以待裸將之禮。」

案：慧琳兩引與二徐大同小異，而皆作「彑聲」，竊以爲非是。彑者豕之頭，銳而上見也，爵從鬯、又而象雀之形，彝從糸、米、廾而象畫鳥獸之形，其意一也，故云象形與爵同。又二徐本作「從糸。糸，綦也」，「綦」字許書所無，可證此字自唐以來傳寫紛亂，未有定本。

繖　卷十七《太子和休經》「繖蓋」注引《說文》：「從糸，散聲。」

大徐本：列於新附：「蓋也。從糸，散聲。」

案：慧琳先引顧野王云：「繖，即蓋也。」又引《漢書》云：「時天大雨上騎持繖蓋也。」次引《說文》，未及訓義，是許書訓蓋之證，正與大徐新附同。

緧　卷十四《大寶積經》「鞍緧」注云：「《說文》作緧。」

二徐本無。

案：《韻會》「鞦」下云：「馬鞍具也。」《集韻》或作「鞴緧」。《說文》革部新附有「鞦，馬鞍具也」；「鞁，車駕具也」；「鞍，馬鞁具也」，是「馬鞁具」即「馬鞍具」，惟《說文》亦無「鞴」字。慧琳云：「正作鞴，《說文》作緧。」是許書未采「鞴」字，而有「緧」字。

綵　卷二十《寶星經》「繪綵」注引《說文》：「從糸，采聲。」

二徐本無。

案：慧琳引《尚書》云：「以五綵彰施於五色。」〈考工記〉云：「五綵備者謂之繡。」是所據《尚書》及《周禮》皆作「綵」字，故引《說文》云：「從糸，采聲。」《文選・思玄賦》：「昭綵藻與琱珠兮，璀聲遠而彌長。」舊注（李善曰：未詳注者姓名）云：「綵，文綵也。」是古用「綵」字之證，而經典多通作「采」。《說文》彡部大徐新附有「彩」字，經典亦通作「采」。采，捋取也，本與「綵」、「彩」二字不同，自通用「采」，而采色、采飾、采章、文采等字既不作「彩」，亦不作「綵」，「彩」尚列於新附，而「綵」竟視爲俗字矣。

綖　卷七十四《佛本行讚傳》「統綖」注引《說文》：「從糸，從延。」

二徐本無「綖」字。

案：慧琳引《左傳》杜注云：「綖，冠上覆也。」《禮記》鄭注：「冕上覆也。」是經傳皆有此字，並說此義，許書應采及之，《韻會》一先有「通作延」三字，可知《說文》所以奪失之故。

繢　卷六十二《根本毗奈耶雜事律》「去繢」注引《說文》：「織餘也。從糸，匱聲。」卷六十三引同。卷六十「縷繢」注云：「或作續。」二徐本「續」下云：「織餘也。從糸，貴聲。」無「繢」字。

案：慧琳兩引「繢」字訓義皆與二徐本「續」字說解同。卷六十云：「或作續。」是「繢」爲「續」之或體也。

（以下引同二徐本，存而不論）

纖　卷四《大般若經》「纖長」注引《說文》：「細也。從糸，韱聲。」卷十四、卷十五引同。卷六十八未引訓義。

絪　卷十六《佛說胞胎經》「尫絪」注引《說文》：「微也。從糸，囚聲。」卷六十三、卷四引同。

縮　卷二十《寶星經》「惱縮」注引《說文》：「亂也。從糸，宿聲。」卷四十、卷五十四引同。

紊　卷五十一《唯識二十論》「紊指」注引《說文》：「亂也。從糸，文聲。」卷九十三、引同、卷六十二、卷六十四、卷八十八未引訓義。

級　卷四十五《菩薩善戒經》「四級」注引《說文》：「絲次第也。從糸，及聲。」卷十未引訓義。

繚　卷六十二《根本毗奈耶雜事律》「綾繚」注引《說文》：「纏也。從糸，尞聲。」

總　卷一《大般若經》「總攝」注引《說文》：「聚束也。從糸，悤聲。」

繞　卷四十二《法花念誦瑜伽》「縈繞」注引《說文》：「纏也。從糸，堯聲。」

紈　卷八十七《破邪論》「白紈」注引許叔重云：「素也。」引《說文》：「從糸，丸聲。」

縠　卷三十九《不空羂索陀羅尼經》「白縠」注引《說文》：「細縛也。從糸，㲉聲。」卷二十引同。

絹　卷九十九《廣弘明集》「結絹」注引《說文》：「結也。」

綈　卷九十八《廣弘明集》「綈衣」注引《說文》：「厚繒也。從糸，弟聲。」卷八十七引同。

綾　卷六十六《集異門足論》「繡綾」注引《說文》：「東齊謂布帛之細者曰綾也。從

糸，夌聲。」（此字二徐奪「者」字）

縵　卷六十四《十誦要用羯磨》「縵衣」注引《說文》：「繒無文也。從糸，曼聲。」

縹　卷二《大般若經》「紫縹」注引《說文》：「帛青白色也。從糸，票聲。」卷六、卷十六、卷四十五、卷九十八、卷一百引同。

紫　卷二《大般若經》「紫縹」注引《說文》：「帛青赤色。從糸，此聲。」

紅　卷三《大般若經》「紅碧」注引《說文》：「帛赤白色也。」

繟　卷九十二《高僧傳》「繟師」注引《說文》：「猶帶緩也。從糸，單聲。」

綸　卷十三《大寶積經》「苦綸」注引《說文》：「青絲綬也。」

綱　卷八十一《神州三寶感通錄》「貴綱」注引《說文》：「維紘繩也。從糸，岡聲。」

縷　卷六十四《五分尼戒本》「乞縷雇織」注引《說文》：「綫也。從糸，婁聲。」卷六十二、卷六十、卷五十五、卷四十、卷九引同。

縫　卷十四《大寶積經》「縫補」注引《說文》：「以鍼紩衣也。從糸，逢聲。」卷五十五引同。

綫　十四《大寶積經》「綫金」注引《說文》：「縷也。從糸，戔聲。」卷十九引同。卷三十八、卷四十九、卷六十二、卷七十五皆未引訓義。

繩　卷四《大般若經》「繩秘」注引《說文》：「索也。從糸，蠅省聲。」卷十六、卷三十七、卷七十六引同。卷九十八未引訓義。

緘　卷七十七《釋迦譜》「緘之」注引《說文》：「束篋也。從糸，咸聲。」卷八十、卷九十、卷九十五、卷九十七引同。

編　卷十一《大寶積經》「瓊編」注引《說文》：「次簡也。從糸，扁聲。」卷十五、卷四十七、卷八十六引同。

繕　卷八十《開元釋教錄》「繕寫」注引《說文》：「補也。從糸，善聲。」卷八十三、卷九十三引同。

繮　卷十四《大寶積經》「繮鞊」注引《說文》：「馬紲也。從糸，畺聲。」卷六十二、卷七十四引同。

綆　卷六十二《根本毘奈耶雜事律》「無綆」注引《說文》：「汲井綆也。」

繳　卷四十一《六波羅蜜多經》「繒繳」注引《說文》：「生絲縷也。從糸，敫聲。」卷九十二引同。卷四十、卷四十一、卷六十二、卷九十七未引訓義。

緡　卷五十八《十誦律》「作緡」注引《說文》：「釣魚繳也。」

絮　卷七十五《法觀經》「赤絮」注引《說文》：「敝緜也。從糸，如聲。」

纊　卷九十二《高僧傳》「縑纊」注引《說文》：「絮也。從糸，廣聲。」卷九十五未引訓義。

絹　卷八十《大唐內典錄》「絹而編之」注引《說文》：「繒也。從糸，昌聲。」卷六十一引同。

績　卷六十四《五分尼戒本》「績縷」注引《說文》：「緝也。從糸，責聲。」卷七十七、卷八十四未引訓義。

繕　卷七十六《撰集三藏經及雜藏經》「繕綫」注引《說文》：「布縷也。從糸，盧聲。」

絺　卷九十五《弘明集》「絺紘」注引《說文》：「細葛也。」

繆　卷九十二《高僧傳》「綢繆」注引《說文》：「枲之十絜也。從糸，翏聲。」

縲　卷九十七《廣弘明集》「栧縲」注引《說文》：「西胡毳布也。從糸，罽聲。」

縊　卷九十七《廣弘明集》「縊之」注引《說文》：「經也。從糸，益聲。」卷九十三、并卷九十七「縊高」注皆未引訓義，云：「從糸，益聲。」

素　部

繛　卷八十三《玄奘法師傳》「繛有」注引《說文》：「從糸，卓聲。」
　　案：「綽」爲「繛」之或體。二徐本「繛」下：「緩也。從素，卓聲。」「綽」下：「繛或省。」慧琳未引訓義。

緩　卷六十九《阿毘達磨大毗婆沙論》「皺緩」注引《說文》：「從糸，爰聲。」卷五十三引《說文》：「從糸。」
　　案：「緩」「繛」二字互訓。二徐本「緩」下：「繛也。從素，爰聲。」「緩」下：從素，爰聲，緩或省」。慧琳未引訓義。

絲　部

轡　卷八《大般若經》「轡勒」注引《說文》：「馬轡也。從絲，從軎。」卷五十三、卷六十四、卷八十九引同，卷八十四未引訓義。
　　案：引與二徐本同。

虫　部

螾　卷八十一《神州三寶感通錄》「螻蚓」注引《說文》：「蟪，螾。側行者也。從虫，寅聲。」
　　二徐本：「側行者。從虫，寅聲。」
　　案：各本皆作「側行者」，無「蟪螾」二字，亦無「也」字，〈釋蟲‧釋文〉及《廣韻》引同二徐本。「蟪，螾也」；「螾，側行者」，許書分言之，慧琳連言之，非直引許書原文。

蛕　卷五十四《治禪病秘要法經》「蛕蟲」注引《說文》：「從虫，有聲。」
　　二徐本：「腹中長蟲也。從虫，有聲。」
　　案：慧琳未引訓義。

蟯　卷四十二《大佛頂經》「蟯蛕」注：「《說文》云：蟯、蛕，並腹中蟲也。二字並
　　從虫，堯、有皆聲。」
　　二徐本「蟯」下：「腹中短蟲也。從虫，堯聲。」
　　案：慧琳非直引許書原文。

虺　卷四十二《大佛頂經》「蛇虺」注引《說文》：「石虺，以注鳴者。從兀，虫聲。」
　　二徐本：「虺以注鳴。《詩》曰：胡爲虺蜥。從虫，兀聲。」
　　案：二徐本「虺」上奪「石」字，「鳴」下奪「者」字。丁福保《說文解字詁林》
　　亦云：「蓋古本有石字，今奪宜補。」
　　慧琳《音義》卷三十二《佛說大淨法門品》「蛇虺」注引《說文》：「一名蝮，博
　　三寸，首大如擘指，象其臥形。物之微細，或行，或死，或毛，或臝，或ろ，
　　或鱗。以虫爲象。」此乃「虫」字說解，慧琳誤以爲「虺」字說解。
　　《漢書・田儋傳》：「蝮螫手則斬手」，顏師古注云：「《爾雅》及《說文》皆以爲
　　蝮即虺也。」是「虫」、「虺」二字古通。據此，則慧琳所引不誤，是後世傳鈔
　　奪失「蝮」即「虺」之義。

蜥　卷六十九《阿毘達磨大毘婆沙論》「蜥蝪」注引《說文》：「蝘蜓在草曰蜥蝪也。」
　　二徐本：「蜥易也。從虫，析聲。」
　　案：本部「蝘」下：「在壁曰蝘蜓，在艸曰蜥易。」蝘蜓、蜥易、蠑螈，析言之
　　爲三，渾言之無別，慧琳卷六十九所引蓋節引「蝘」字說解。

蚖　卷三十三《佛說決定總持經》「蛇蚖」注引《說文》：「從虫，元聲。」
　　二徐本：「榮蚖，蛇醫。以注鳴者。從虫，元聲。」
　　案：慧琳未引訓義。

螟　卷八十《大唐內典錄》「螟蝨」注引《說文》：「食穀葉者。從虫，冥聲。」卷九
　　十六未引訓義。
　　二徐本：「蟲食穀葉者，吏冥冥犯法，即生螟。從虫，從冥，冥亦聲。」
　　案：慧琳未引全文。

蛭　卷三十《金光明經》「水蛭」注引《說文》：「從虫，至聲。」卷五十一、卷六十
　　二引同。
　　案：二徐本訓「蟣也」。慧琳未引訓義。

蟣　卷六《大般若經》「蟣蝨」注引《說文》：「蝨子也。」卷六十三引同。

二徐本：「蟲子也。一曰：齊謂蛭曰蟣。從虫，幾聲。」

案：慧琳未引全文。

蠖　卷七十二《阿毘達磨顯宗論》「蚇蠖」注引《說文》：「尺蠖者，屈伸蟲也。從虫，蒦聲。」

卷九十七《廣弘明集》「步蠖」注引《說文》：「屈伸蟲。從虫，蒦聲。」卷六十八《阿毘達磨大毘婆沙論》「尺蠖」注引《說文》：「蠖，屈伸蟲也。從虫，蒦聲。」

卷四十六《大智度論》「尺蠖」注引《說文》：「屈申蟲也。」

二徐本：「尺蠖，屈申蟲也。」

案：《韻會》引「申」作「伸」，與慧琳引同，是古作「尺蠖屈伸蟲也」。卷四十六、六十八、卷九七皆節引《說文》。卷七十二尺蠖下有「者」字，竊疑其為衍文。

蝝　卷五十七《大安般守意經》「蝝飛」注引《說文》：「蝗子也。從虫，彖聲。」

案：慧琳未引全文。

螻　卷八十一《神州三寶感通錄》「螻蚓」注引《說文》：「螻蛄也。一云：轂，天螻也。從虫，婁聲。」

二徐本：「螻蛄也。從虫，婁聲。一曰：轂，天螻。」

案：轂，二徐本作「螜」，形近而譌。〈釋蟲〉、〈夏小正〉皆作「螜」，是許書古本作「螜」。

蟪蛄　卷八十七《破邪論》「蟪蛄」注：「《說文》二字並從虫，，惠、古皆聲也。」

二徐本「蛄」下：「螻蛄也。從虫，古聲。」

大徐本「蟪」列於新附：「蟪，蛄蟬也。從虫，惠聲。」

案：慧琳未引訓義。

蛣蜣　卷八十四《古今譯經圖記》「蛣蜣」注：「《說文》二字並從虫，吉、羌並聲。」

二徐本「蛣」下：「蛣蚍，蝎也。從虫，吉聲。」

二徐本無「蜣」字。

案：《爾雅》云：「蜣蜋蛫糞者也。」《韻會》云：「蜣蜋，蟲名。一名蛣蜣。」

二徐本蛣下：「蛣蚍，蝎也。」是別為一蟲。《說文》有「蛣」字，無「蜣」字，竊疑慧琳此引係據他書以為許書者。

蛾　卷七十二《阿毘達磨顯宗論》「蛾蚋」注引《說文》：「從虫，我聲。」卷四十七引同。

案：二徐本訓「羅也」。慧琳未引訓義。

蚔　卷九十九《廣弘明集》「螺蚔」注引《說文》：「從虫，氐聲。」

　　案：二徐本訓「蟷子也」。慧琳未引訓義。

蜋　卷五十七《無垢優婆夷問經》「蟒蜋」注引《說文》：「從虫，良聲。」

　　案：二徐本訓「堂蜋也」。慧琳未引訓義。

蠃　卷二《大般若經》「蝸蠃」注引《說文》：「從虫，羸聲。」卷五十六引同。

　　卷六《大般若經》「蝸蠃」注引《說文》：「蝸牛類而形大，出海中，種種形狀而不一也。」卷三「法蠃」注引作「蝸牛類而形大。」

　　卷三十九《金光明最勝王經》「法蠃」注引《說文》：「水介蟲也。從虫，羸聲。」二徐本：「蜾蠃也。從虫，羸聲。一曰：虎蝓。」

　　案：《爾雅・釋魚》：「蚹蠃螔蝓」郭注：「即蝸牛也」，《廣雅》：「蠡蠃蝸牛，蝸蝓也」。本部「蝸，蝸蠃也」；「蝓，虎蝓也」；「蠃，蜾蠃也，一曰：虎蝓」，是一物三名。

　　郭璞云：「即蝸牛也。」《韻會》五歌「蠃」下云：「蚌屬大者如斗，出日南漲海中。」慧琳所據《說文》云：「水介蟲也」又云：「蝸牛類」，皆有所本。

　　蝸蠃之「蠃」，今作「螺」，卷三、卷二十九「法蠃」即「法螺」也。螺之種類甚多，有可以爲酒杯者，《清異錄》云：「有一螺能貯三盞許者，號爲九曲螺杯。」張籍詩：「淥酒白螺杯。」陸游詩：「紅螺杯小傾花露」；有鸚鵡螺形如鳥觜可爲杯；有香螺擣可雜甲香；鈿螺光彩可飾鏡背；有蓼螺，味辛如蓼；有紫貝螺，紫色有斑文號牙螺，此蠃之種種形狀也。慧琳《音義》引「蠃」字凡五見，其訓義與景宋本不同，雖皆有所本，竊疑係慧琳綴以己意者，非許書古本如是。

蝥　卷九十五《弘明集》「朱蝥」注引《說文》：「從虫，秋聲。」

　　案：二徐本訓「蟿蝥也」。慧琳未引訓義。

蟠　卷九十八《廣弘明集》「蟠屈」注引《說文》：「從虫，番聲。」卷三十一、卷三十四、卷六十八、卷七十二、卷七十八、卷九十五引同。

　　案：慧琳未引訓義。二徐本作：「鼠婦也。從虫，番聲。」

蝗　卷十九《大方廣十輪經》「蝗蟲」注引《說文》：「從虫，皇聲。」

　　案：慧琳未引訓義。二徐本：「螽也。從虫，皇聲。」

蜩　卷九十九《廣弘明集》「承蜩」注引《說文》：「從虫，周聲。」

　　案：慧琳未引訓義。二徐本：「蟬也。從虫，周聲。《詩》曰：五月鳴蜩。」

蛉　卷九十六《弘明集》「螟蛉」注引《說文》：「從虫，令聲。」

　　案：慧琳未引訓義。二徐本：「蜻蛉也。從虫，令聲。一名桑根。」

蜹　卷九十二《高僧傳》「小蜹」注引《說文》：「秦謂之蜹，楚謂之蚊。從虫，芮聲。」卷六十九引同。卷三十七、卷三十、卷七十六皆節引《說文》：「秦謂之蜹，從

虫，芮聲。」

二徐本：「秦、晉謂之蜻，楚謂之蚊。從虫，芮聲。」

案：《文選》枚叔〈上書重諫吳王〉注、《後漢書‧崔駰傳》注引《說文》：「秦謂之蜻，楚謂之蚊。」《御覽》九百四十五蟲豸部引亦無「晉」字，則「晉」字乃後人所加，應以慧琳所引為是。

蛻　卷九十七《廣明集》「羽蛻」注引《說文》：「蛇蟬所解皮也。從虫，兌聲。」卷九十六引同、卷七十七引奪一「蛇」字，卷七十六引「解」字譌作「退」。卷四十二未引訓義。

大徐本：「蛇蟬所解皮也。從虫，兌省。」

小徐本：「蛇蟬所解皮也。從虫，稅省聲。」

段注本：「蛇蟬所解皮也。從虫，兌聲。」

案：段氏注云：「兌聲，各本作稅省聲，淺人改耳。」此說極是，朱氏《通訓定聲》亦作「從虫，兌聲」，應以慧琳所據本為是。

螫　卷二《大般若經》「螫噉」注引《說文》：「蟲行毒也。從虫，赦聲。」卷五、卷七、卷十八、卷二十二、卷三十四、卷三十七、卷六十六、卷七十八引同。

卷十《濡首菩薩無上清淨分衛經》「螫虫」注引《說文》：「虫行毒也。」卷三十一、卷三十三引同。

大徐本：「蟲虫行毒也。」

小徐本：「蟲行毒也。」

案：當作「虫行毒也」，卷十、卷三十一、卷三十三引作「虫行毒也」最是古本，卷二、卷五、卷七、卷十八、卷二十二、卷三十四、卷三十七、卷六十六、卷七十八引作「蟲行毒也」係校者誤改，《漢書‧田儋傳》「蝮螫手則斬手，螫足則斬足」，蝮者虫也。

蝕　四十二《佛頂經》「薄蝕」注引《說文》：「從虫、人、食，食亦聲。」

案：二徐本訓「敗創也」。慧琳未引訓義。

蛟　卷九十五《弘明集》「蛟」注引《說文》：「龍屬也。沱魚滿三千六百，蛟來為之長，能率魚飛，置笱水中，即蛟去也。從虫，交聲。」

二徐本：「龍之屬也。池魚滿三千六百，蛟來為之長，能率魚飛，置笱水中，即蛟去。從虫，交聲。」

案：慧琳引《說文》作「龍屬也」，無「之」字，《漢書‧武帝紀》注、《藝文類聚》九十六鱗介部、《御覽》九百三十鱗介部皆引「龍屬也」，是古本無「之」字。又「池」當作「沱」。

蜃　卷八十五《辯正論》「爲蜃」注引《說文》：「雉入淮所，化爲蜃。」卷九十七未
　　引訓義：「從虫，辰聲。」
　　二徐本：「雉入海，化爲蜃。從虫，辰聲。」
　　案：〈夏小正・九月〉：「雀入于海爲蛤」；〈十月〉：「玄雉入于淮爲蜃」；《國語》
　　趙簡子所說同，可證許書古本作「入淮」不作「入海」也。

蚤　卷九十七《廣弘明集》「爲蛤」注引《說文》：「蛤有三，皆生於海。海蚤者百歲
　　鷰所化也。一名蒲螺，老服翼所化也。蛤蠣者，千歲鴐所化。從虫，合聲。」
　　卷六十二《根本毘奈耶雜事律》「蚌蛤」注引《說文》：「蛤有三種，皆生於海。
　　蛤蠣，千歲鴐所化，秦人謂之牡蠣。海蛤者，百歲鷰所化也。魁蛤老，一名蒲
　　螺者，伏翼所化也。從虫，合聲。」
　　卷六十八《阿毘達磨大毘婆沙論》「蜆蛤」注引《說文》：「蛤有三皆生於海。蛤
　　蠣者，千歲雀所化也，秦謂之牡蠣。海蚤者，百歲鷰所化也。魁蛤，一名復累
　　者，老復翼所化也，從虫，合聲。」卷十四引同。
　　二徐本：「蜃屬。有三，皆生於海。千歲化爲蚤，秦謂之牡蠣。又云百歲鷰所化。
　　魁蚤，一名復累，老服翼所化。從虫，合聲。」
　　案：慧琳《音義》引「蚤」字凡四見，皆大同小異，以卷十四、卷六十九所引
　　最爲完整。《爾雅・釋魚・釋文》引《說文》云：「蛤有三，皆生於海。蛤屬，
　　千歲雀所化，秦人謂之牡蠣。海蛤者，從百歲燕所化也。魁蛤，一名復累，老
　　復翼所化也。」與慧琳卷十四、卷六十八引最爲近是，可證今本奪誤甚多，竊
　　以爲卷六十九、卷十四所引或係許書古本。

蝸　卷八十七《甄正論》「蝸角」注引《說文》：「蠃也。從虫，咼聲。」卷二引同。
　　二徐本：「蝸蠃也。從虫，咼聲。」
　　案：段注本「蝸」：「蝸，蠃也」，注云：「此複舉篆文之未刪者也。」此說極是，
　　《古本考》亦云：「古本蓋不重蝸字。」慧琳《音義》兩引皆不重「蝸」字，可
　　證許書古本如是。

蜎　卷十七《太子和休經》「蜎飛」注引《說文》：「從虫，昌聲。」
　　二徐本：「蜎也。從虫，俞聲。」
　　案：慧琳未引訓義。二徐本作「蜎也」，乃複篆文不可通。《集韻》引作「冐也」，
　　考肉部「冐」下云：「小蟲也。」竊以爲應以《集韻》所引爲是。

蟺　卷九十五《弘明集》「蜿蟺」注引《說文》：「蚓蟺也。從虫，亶聲。」
　　二徐本：「夗蟺也。從虫，亶聲。」
　　案：《韻會》引作「蚓蟺也」，與慧琳引同，或許書古本如是，然《說文》無「蚓」

字，茲存疑可也。

蝦蟆　卷三十二《佛說諸法勇王經》「蝦蟆」注云：「《說文》二字並從虫，，叚莫聲。」
　　　卷七十五《道地經》「蟇子」注引《說文》：「從虫，莫聲。」
　　　二徐本「蝦」下：「蝦蟆也。從虫，叚聲。」二徐本「蟆」下：「蝦蟆也。從虫，莫聲。」
　　　案：慧琳未引訓義。

蟹　卷六十八《阿毘達磨大毘婆沙論》「龜蟹」注引《說文》：「有二敖八足，旁行也。從虫，解聲。」
　　二徐本：「有二敖八足，旁行。非蛇鱓之穴無所庇。從虫，解聲。」
　　案：慧琳未引全文。

蜮　卷八十二《西域記序》「鬼蜮」注引《說文》：「三足，以气射害人。從虫，或聲。」
　　二徐本：「短狐也。似鼈，三足，以气射害人。從虫，或聲。」
　　案：慧琳未引全文。

蝙蝠　卷四十五《佛藏經》「蝙蝠」注：「《說文》並從虫，扁畐皆聲。」
　　　二徐本「蝙」下：「蝙蝠也。從虫，扁聲。」二徐本「蝠」下：「蝙蝠，服翼也。從虫，畐聲。」
　　　案：慧琳未引訓義。

虹　卷四十四《法集經》「虹起」注引《說文》：「從虫，工聲。」
　　二徐本：「螮蝀也，狀似蟲。從虫，工聲。〈明堂月令〉曰：虹始見。」
　　案：慧琳未引訓義。

蟻　卷六十九《阿毘達磨大毘婆沙論》「蟻蠓」注引《說文》：「從虫，蔑聲。」
　　大徐本列於新附：「蟻蠓，細蟲也。從虫，蔑聲。」
　　案：慧琳未引訓義。

蠍　卷四十一《大乘理趣六波羅蜜多經》「蝮蠍」注引《說文》：「毒蟲也。」卷五十、卷五十一引《說文》：「從蟲，歇聲。」
　　二徐本無。
　　案：《詩・小雅・都人士》「卷髮如蠆」注云：「長尾爲蠆，短尾爲蠍。」《說文》：「蠆，毒蟲也」，蠆、蠍一類，故並訓毒蟲也。《韻會》亦云：「毒蟲也」。是古有「蠍」字之證，竊疑或係後人以「蠆」、「蠍」訓同，遂刪去「蠍」字。

蟒　卷四十一《大乘理趣六波羅蜜多經》「蟒蛇」注引《說文》：「從虫，莽聲。」卷三十二、卷五十七引同。
　　二徐本無。

案：《字林》：「大蛇也。」竊疑慧琳此引乃誤以《字林》爲許書者。

蚰蜒　卷七十二《阿毘達磨顯宗論》「蚰蜒」注：「《說文》：蚰蜒亦曰蝘蜒也。並從虫，由、延皆聲。」

卷五十九引《說文》：「亦名入耳。」

二徐本無。

案：慧琳卷七十二先引《方言》：「自關而東謂之蟓蜒。」次引《說文》。玄應《音義》《四分律》「蚰蜒」注：「或作蝣蜒。」又引《說文》：「亦名入耳。」「入耳」二字見《方言》，許書並采《方言》，竊疑《說文》古本當有「蚰」、「蜒」二字。大徐新附有「蜑」字，南方夷也，讀徒旱切，所謂「蜑戶」是也，別爲一字。

蟒　卷八十八《集沙門不拜俗議》「秋蟒」注引《說文》：「從虫，粦聲。」二徐本無。

案：炎部粦：「兵死及牛馬之血爲粦。粦，鬼火也。」《韻會》「粦」下云：「或作燐」，又引《集韻》：「或作蟒」。是當以「粦」爲本字，「燐」、「蟒」爲後起字，然慧琳先引《考聲》：「蟒，螢也。」次引《說文》，並云：「亦作粦，燐也。」是所據本確有「蟒」字，既非誤引他書，亦非不識「粦」、「燐」二字。

蜇　卷五十一《寶生論》「蠍蜇」注引《說文》：「從虫，折聲。」

二徐本無。

案：本經「蠍蜇」連文，慧琳先引《埤蒼》云：「蜇亦螫也。」次引《說文》，又云：「蜇或作蛆。」二徐本亦無「蛆」字。《韻會》云：「螫也，本作蛆」未著所出，以《韻會》引《說文》例言之，或所據小徐本正文作「蛆」，或體作「蜇」，因大徐本無「蛆」無「蜇」，故將《說文》二字刊落也。又卷九十九引《說文》：「蜘蛆，並從虫，即、且皆聲。」今本「蜘」字亦奪失。

虫　部（以下諸字引與二徐本同，茲存而不論）

螭　卷五十三《起世因本經》「虯螭」注引《說文》：「若龍而黃，北方謂之地螻。從虫，离聲。」卷二十四引同。卷八十六未引訓義。

蚌　卷六十六《阿毘達磨法蘊足論》「蚌蚉」注引《說文》：「蜃屬也。從虫，丰聲。」卷四十一未引訓義。

螉　卷七十八《經律異相》「螉蟲」注引《說文》：「蟲在牛馬皮者。從虫，翁聲。」卷七十六未引訓義。

蛹　卷七十七《釋迦譜序》「蛹生」注引《說文》：「繭蟲也。從虫，甬聲。」

蚳　卷六十九《阿毘達磨大毘婆沙論》「蚳行」注引《說文》：「畫也。從虫，氏聲。」

蠆　卷六《大般若經》「蛇蠆」注引《說文》:「毒蟲也。」卷二引同。

螘　卷四十《觀世音菩薩授記經》「蟲螘」注引《說文》:「蚍蜉也。從虫,豈聲。」卷六十四、卷六十七引同。

蟬　卷九十九《廣弘明集》「鳴蟬」注引《說文》:「從旁鳴者。從虫,單聲。」

蠓　卷六十六《集異門足論》「蠓芮」注引《說文》:「蠛蠓也。從虫,蒙聲。」卷六十九未引訓義。

蝡　卷十九《般舟三昧經》「蝡動」注引《說文》:「動也。從虫,耎聲。」卷三十一、卷三十三、卷九十四、卷九十五引同。卷十六、卷五十七、卷六十四、卷七十四、卷七十九未引訓義。

蚑　卷三十二《無所希望經》「蚑蠢」注引《說文》:「行也。從虫,支聲。」卷五十五、卷五十八、卷七十七未引訓義。

蠉　卷四十五《菩薩內戒經》「蠉飛」注引《說文》:「蟲行也。從虫,睘聲。」卷十六引同。

蛘　卷六十二《根本毘奈耶雜事律》「恙蛘」注引《說文》:「搔蛘也。從虫,羊聲。」卷五十七、卷五十三引同,卷九十五未引訓義。

䖵　部

蠶　卷十四《大寶積經》「蠶繭」引《說文》:「姙絲蟲也。從䖵,朁聲。」卷八十一引《說文》:「姙絲也。從䖵,朁聲。」卷三十引作「吐絲蟲也。」

二徐本:「任絲也。從䖵,朁聲。」

案:姙即妊孕也,蠶孕絲而吐之,故云「姙絲蟲也」。二徐本「姙」作「任」,並奪「蟲」字,段氏注云:「言惟此物能任此事。」未免曲徇二徐矣。

慧琳引《考聲》:「吐絲蟲。」卷三十一所引蓋涉《考聲》而譌。卷八十一引奪一「蟲」字。

䖟　卷六《大般若經》「蚊䖟」注引《說文》:「齧人飛蟲也。」

卷三《大般若經》「蚊䖟」注引《說文》:「山澤艸花中化生也,亦生鹿身中。形大者曰䖟,形小而斑文曰蠚。」

卷十九、卷七十九引《說文》同卷六作「齧人飛蟲也。」

卷十六引《說文》:「從䖵,亡聲。」

二徐本:「齧人飛蟲。從䖵,亡聲。」

案:慧琳卷六、卷十九、卷七十九皆引與二徐本同,是許書作「齧人飛蟲」無誤。卷六引《說文》:「齧人飛蟲也。」並云:「生山澤川谷艸花中,化或於麞鹿

腦中化生，從鹿鼻中噴出。形大者曰蝱，一曰木蝱，一曰蜚。蝱形小斑文者曰蟦。」竊疑此乃慧琳箋注之語，非許書原文，卷三所引應當為慧琳箋注之語，非《說文》古本如是。

蚰　部（以下諸字皆引與二徐本同，存而不論）

蚰　卷六十《根本一切有部毘奈耶雜事律》「蜫蟻」注引《說文》：「蟲之總名也。從二虫。」卷六十二、卷九十七引同。

蚤　卷七十五《阿含口解十二因緣經》「蚤蝨」注引《說文》：「齧人跳蟲。從蚰，叉聲。」卷十四、卷六十二引同。

蝨　卷七十五《阿含口解十二因緣經》「彝蝨」注引《說文》：「齧人蟲。從蚰，丮聲。」卷十四、卷四十五、卷六十二、卷七十二引同。

螽　卷八十三《玄奘法師傳》「秋螽」注引《說文》：「蝗也。從蚰，冬聲。」卷二十四引同。

蟊　卷六十九《阿毘達磨大毘婆沙論》「蚊蛃」注：「《說文》作蟊。齧人飛蟲。從蚰，民聲。」卷十三、卷七十九引同。卷三引《說文》作：「齧人飛蟲子。」衍一「子」字。卷十三「蚊蝱」注並云：「或從昏作蟁。」

蠭　卷十四《大寶積經》「蠭蝶」注引《說文》：「飛蟲螫人者。從蚰，逢聲。」

蠹　卷七十七《釋迦譜》「道蠹」注引《說文》：「木中蟲。從蚰，橐聲。」卷九十、卷九十八引同。

蜉　卷八十三《玄奘法師傳》「蜉蝣」注引《說文》：「從虫。」（此蠹之或體。）

蠢　卷八十《開元釋教錄》「蠢蠢」注引《說文》：「蟲動也。從蚰，春聲。」卷四十二引同。卷八十八未引訓義。

蟲　部

蟲　卷三十一《薩遮尼乾子經》「蟲螟」注引《說文》：「有足謂之蟲，無足謂之豸。從三虫。」卷十九、卷二十四、卷二十九未引訓義。

　　案：引與二徐本同。

蠱　卷二《大般若經》「蠱道」注引《說文》：「腹中蟲也。從蟲，從皿。」卷六十三引同。

　　二徐本：「腹中蟲也，《春秋傳》曰：皿蟲為蠱，晦淫之所生也。梟桀死之鬼亦為蠱。從蟲，從皿。皿，物之用也。」

　　案：慧琳未引全文。

風　部

颲颲　卷三十八《金剛光燄止風雨陀羅尼經》「嵐颲」注引《說文》:「颲颲,風雨暴
　　疾皃也。」

　　二徐本「颲」下:「風雨暴疾也。從風,利聲。」

　　大徐本「颲」下:「列風也。從風,列聲。」

　　小徐本「颲」下:「烈風也。從風,列聲。」

　　案:《詩‧七月》:「二之日栗烈。」《釋文》:「栗烈,寒氣也。《說文》作颲颲。」
　　颲颲即颲颲之譌,段注《說文》即據此訂正「颲」字為「颲颲,風雨暴疾也。」
　　正「颲」字為:「颲颲也。」並云:「可以證古本之颲颲緜聯矣。」段氏若得慧
　　琳《音義》,則當可得又一證矣。

颯　卷八十三《玄奘傳》「颯至」注引《說文》:「翔風也。從風,立聲。」

　　大徐本:「翔風也。從風立聲。」

　　小徐本:「朔風也。從風,立聲。」

　　案:慧琳引同大徐本,可證《說文》古本作「翔風也」,小徐作「朔」為誤字。

颰　卷九十九《廣弘明集》「蕭颰」注引《說文》:「從風必聲。」

　　二徐本無。

　　案:慧琳先引《廣雅》:「颰,風也。」次引《說文》,許書若無「颰」字,則
　　僅引《廣雅》矣。

風　部（颷、飄、颺皆引與二徐本同,茲存而不論）

颷　卷九十二《高僧傳》「颷舉」注引《說文》:「扶搖風也。從風,猋聲。」卷六十
　　三引同。

飄　卷一《大般若經》「飄散」注引《說文》:「回風也。從風,䙴聲。」

颺　卷七十三《五事毘婆沙論》「飆颺」注引《說文》:「風所飛揚也。從風,昜聲。」
　　卷三、卷五十三引同。

它　部

它　卷五十三《起世因本經》「蛇獺」注引《說文》:「從虫而長,象冤曲垂尾形也。
　　上古艸居患它,故相問無它乎?」卷三十八、卷三十五皆未引全文。

　　二徐本:「虫也。從虫而長,象冤曲垂尾形。上古艸居患它,故相問無它乎?」

　　案:慧琳蓋節引《說文》無「虫也」二字。

蛇　卷二《大般若經》「蛇蠍」注引《說文》:「從虫,從它。」

二徐本「蛇」下：「它或從虫」。

案：「蛇」乃「它」之或體。段注云：「加虫左旁是俗字也。」

龜　部

龜　卷三十九《不空羂索經》「龜鼇」注引《說文》：「舊也。外骨內肉者也。從它。龜頭與它頭同。天地之性。廣肩無雄，龜鼇之類以它爲雄也。象四足頭尾之形。」卷十四未引全文。

二徐本：「舊也。外骨內肉者也。從它。龜頭與它頭同。天地之性，廣肩無雄，龜鼇之類，以它爲雄。象足甲尾之形。」

案：本師魯實先教授，考其字形，認爲應作「象首足甲尾之形」，慧琳引作「象四足頭尾之形」，非是。許說「廣肩無雄」義不可通。

黽　部

鼇　卷十四《大寶積經》「魚鼇」注引《說文》：「水介蟲也。」卷四十一、卷三十九引同。

卷二十《寶星經》「魚鼇」注引《說文》：「介蟲也。從黽，敝聲。」卷五十三、卷六十、引同。

卷八十四、卷八十五未引訓義。

二徐本：「甲蟲也。從黽，敝聲。」

案：經典皆言「介」不言「甲」，《音義》屢引皆同，所據確爲古本。「水」字或係衍文。

黿　卷十四《大寶積經》「黿鼉」注引《說文》：「大鼈也。從黽，元聲。」卷六十、卷九十七引同。

案：引與二徐本同。卷四十一引《說文》：「大鼈也」又云：「大者如車輪，小者如盤，有神力能制水族，魅人而食之。」此「大者」以下四語他書無攷，竊疑慧琳所加箋注之語也。

鼇　卷七十七《釋迦氏略譜》「斷鼇」注引《說文》：「從黽，敖聲。」

大徐本列於新附：「海大鼈也。從黽，敖聲。」

案：慧琳未引訓義。

鼉　卷二十四《方廣大莊嚴經》「黿鼉」注引《說文》：「水蟲也，似蜥蝪，皮可以冒鼓。」卷九十七引《說文》：「水蟲也。」卷一百引《說文》：「水蟲也，長丈許，似蜥蝪而大。從黽，單聲。」

二徐本：「水蟲。似蜥易，長大。從黽，單聲。」

段注本：「水蟲，似蜥易，長丈所（丈所猶丈許也）。皮可爲鼓。」

案：慧琳《音義》卷二十四引有「皮可以冒鼓」五字，二徐本奪失，段氏以魚部「鱗」下：「皮可爲鼓」四字逐此，其不見《音義》之注而能如此，可謂精密矣。

蠅 卷二十九《金光明經》「若蠅」注引《說文》：「蟲之大腹者。生胆轉化爲蠅。」
卷十五《大寶積經》「蒼蠅」注引《說文》：「蟲之大腹者。」卷四十四、卷六十三引同。

二徐本：「營營青蠅，蟲之大腹者。從黽，從虫。」

案：肉部「胆」：「蠅乳肉中蟲也」，正與此爲互訓，可證古本有「生胆」以下六字，今本奪失。

黽 部（鼁鼃皆引同二徐本，茲存而不論）

鼃 卷九十六《弘明集》「之鼃」注引《說文》：「蝦蟆也。從黽，圭聲。」卷九十五引同。

鼀 卷四十《觀世音破除一切惡業陀羅尼經》「鼀鼀」注引《說文》：「鼀鼀，詹也。從黽，晉省聲。」

卵 部（卵字引同二徐本存而不論）

卵 卷六十六《阿毘達磨發智論》「胎卵」注引《說文》：「凡物無乳者，卵生。象形字也。」卷三引同。

土 部

坡 卷八十三《玄奘傳》「坡陀」注引《說文》：「從土，皮聲。」

案：二徐本訓「阪也」。慧琳未引訓義。

凷 卷七《大般若經》「塊等」注引《說文》：「土墣也。」卷八引同。
卷十五《大寶積經》「捉塊」注引《說文》：「土墢也。」卷十七、卷三十二引同。

二徐本：「墣也。從土，一屈象形。凷或從鬼。」

案：上文「墣，凷也」，下文「墢，凷也」，「凷」與「墣」、「墢」互訓，《說文》通例如是，惟「凷」、「墣」、「墢」三者，究爲何物，義不能明。玄應《音義》兩引《說文》「凷」，皆訓「堅土也」（見《大藏音義》卷二十六、卷五十二），凷訓「堅土」，墣、墢之訓義自已瞭然，惟《音義》屢引又各歧出，可見傳寫無

定本，不知《說文》古本究作何也。

垓　卷四十五《文殊悔過經》「數垓」注引《說文》：「從土，亥聲。」
大徐本：「兼垓八極地也。《國語》曰：天子居九垓之田。從土，亥聲。」小徐本《國語》上有「春秋」二字。
案：慧琳未引訓義。

壁　卷十《仁王般若經》「牆壁」注引《說文》：「從土，辟聲。」
案：二徐本訓「垣也」。慧琳未引訓義。

堪　卷八十四《古今佛道論衡》「堪濟」注引《說文》：「從土，甚聲。」
案：二徐本訓「地突也」。慧琳未引訓義。

填　卷八《大般若經》「填布」注引《說文》：「從土，眞聲。」
案：二徐本訓「塞也」。慧琳未引訓義。

墆　卷五十三《起世因本經》「墆帚」注引《說文》：「從土，帚聲。」
大徐本：「棄也。從土，從帚。」
小徐本：「棄也。從土，帚聲。」
案：慧琳引《說文》與小徐本皆作「帚聲」，墆者棄也。從土從帚，會意，帚亦聲，此會意兼形聲之例也。

墨　卷一《聖教序》「翰墨」注引《說文》：「從土，黑聲。」
大徐本：「書墨也。從土，從黑，黑亦聲。」
小徐本：「書墨也。從土，黑。」
案：《韻會》引作「從土，黑聲」，與慧琳引同。小徐曰會意，可知原作「黑聲」，小徐刪「聲」字，大徐兼存，作「從黑，黑亦聲」。

城　卷三十三《佛說太子沐魄經》「作城」注引《說文》：「所以盛民也。從土，成聲。」
卷九十三引《說文》：「從土，成聲。」
二徐本：「以盛民也。從土、成，成亦聲。」
案：《詩·皇矣·正義》引作：「所以盛民也」，與慧琳引同，蓋古本如是。二徐本、《類聚》六十三、《御覽》百九十二居處部引皆無「所」字，是傳寫誤奪。

墉　卷五十一《寶生論》「崇墉」注引《說文》：「從土，庸聲。」
案：二徐本訓「城垣也」。慧琳未引訓義。

墊　卷九十七《廣弘明集》「昏墊」注引《說文》：「從土，執聲。」
大徐本：「下也。《春秋傳》曰：墊隘。從土，執聲。」
小徐本：「下也。從土，執聲。《春秋傳》曰：墊隘。」
案：慧琳未引訓義。

培　卷九十七《廣弘明集》「培塿」注引《說文》：「從土，音聲。」
　　二徐本：「培敦，土田山川。從土，音聲。」
　　案：慧琳未引訓義。

埻　卷二十七《妙法蓮花經》「周埻」注引《說文》：「擁塞也。」
　　二徐本：「擁也。從土，章聲。」
　　案：慧琳引《說文》下又云：「有作障」，《呂氏春秋‧季春紀》：「開通道路無有
　　障塞。」「障塞」二字連文，竊疑二徐本奪一「塞」字。

墠　卷八十三《玄奘傳》「墠周」注引《說文》：「野也。從土，單聲。」
　　二徐本：「野土也。從土，單聲。」
　　案：「野」者，郊外也；「野土者」，於野治地除艸。〈祭法〉：「王立七廟二祧一
　　壇一墠」，注曰：「封土曰壇，除地曰墠。」慧琳奪一「土」字。

壘　卷六十二《根本毘奈耶雜事律》「壘壍」注引《說文》：「軍壁也。」
　　卷九十六《弘明集》「殞壘」注引《說文》：「從土，畾省聲。」
　　二徐本：「軍壁也。從土，畾聲。」
　　案：各本皆作「畾聲」，《說文》無此字。段注《說文》改「畾」為「畾省聲」，
　　段氏未見《音義》而精密如是，殊深佩服。

圮　卷二十七《妙法蓮花經》「圮」下注引《說文》：「毀也。《虞書》：方命圮族。」
　　卷八十一、卷八十九、卷八十未引訓義。
　　二徐本：「毀也。《虞書》曰：方命圮族。從土，己聲。」
　　案：慧琳奪一「曰」字。

壙　卷一《大般若經》「壙野」注引《說文》：「塹穴也。從土，廣聲。」
　　卷十五《大寶積經》「寬壙」注引《說文》：「大也。從土，廣聲。」
　　卷十八《十輪經》「丘壙」注引《說文》：「塹穴也，大空之皃也。從土，廣聲。」
　　案：二徐本作：「塹穴也。一曰：大也。從土，廣聲。」《毛詩傳》曰：「壙，空
　　也。」竊疑卷十八係涉《毛詩傳》而譌。

壓　卷九十八《廣弘明集》「鐵壓」注引《說文》：「壞也。從土，厭聲。」卷七十六、
　　卷六十六、卷四十六、卷十八引同。卷四十四未引訓義。
　　二徐本：「壞也。一曰：塞補也。從土，厭聲。」
　　案：慧琳未引又一義。

壞　卷六十六《集異門足論》「腐壞」注引《說文》：「敗也。從土，褱聲。」卷六十
　　二、卷六十一、卷十四、卷三引同。
　　卷六《大般若經》「敗壞」注引《說文》：「自破曰壞。從土，褱聲。」

卷三十五《一字頂輪王經》「沮壞」注引《說文》：「自敗也。從土，襄聲。」
二徐本：「敗也。從土，襄聲。」

案：慧琳《音義》卷三十五先引《字統》云：「自破曰壞。」次引《說文》作「自敗也」，竊疑卷三十五、卷六係涉《字統》而譌。應以卷六十六等五引爲是。

墒　卷九十《高僧傳》「墒如」注引《說文》：「裂也。從土，席聲。」卷二十七、卷四十二引同。卷四十、卷六十二未引訓義。

大徐本：「裂也。《詩》曰：不墒不疈。從土，席聲。」

小徐本：「裂也。從土，席聲。《詩》曰：不墒不疈。」

案：慧琳未引「《詩》曰」以下六字。

块　卷九十九《廣弘明集》「块鬱」注引《說文》：「從土，央聲。」

案：二徐本訓「塵埃也」。慧琳未引訓義。

塿　卷九十七《廣弘明集》「培塿」注引《說文》：「從土，婁聲。」

大徐本：「塵土也。從土，婁聲。」

小徐本：「摩土也。從土，婁聲。」

案：塵、塵也，小徐「塵」作「摩」譌。

坯　卷三《大般若經》「坯瓶」注引《說文》：「瓦未燒曰坯。從土，不聲。」卷二十四、卷七十九、卷八十八引同。

二徐本：「丘再成者也。一曰：瓦未燒。從土，不聲。」

案：慧琳未引全文。

垤　卷九十五《弘明集》「丘垤」注引《說文》：「螘封也。從土，至聲。」

二徐本：「螘封也。《詩》曰：鸛鳴于垤。從土，至聲。」（小徐本從土，至聲在《詩》曰上）

案：慧琳未引「《詩》曰」以下六字。

壇　卷九十五《弘明集》「壇墠」注引《說文》：「祭場也。從土，亶聲。」

二徐本：「祭場也。從土，亶聲。」

案：《集韻》、《類篇》、《韻會》引竝作「祭場也」，與慧琳引同，是《說文》古本如是。

場　卷八十《大唐內典錄》「畺場」注引《說文》：「治穀田也。從土，易聲。」

大徐本：「祭神道也。一曰：田不耕。一曰：治穀田也。從土，易聲。」

小徐本：「祭神道也。一曰：山田不耕者。一曰：治穀田。從土，易聲。」

案：慧琳未引全文。

圭　卷九十二《高僧傳》「圭寶」注引《說文》：「從重土。」

二徐本：「瑞玉也。上圜下方。公執桓圭，九寸；矦執信圭，伯執躬圭皆七寸；子執穀璧，男執蒲璧，皆五寸，以封諸矦。從重土。楚爵有執圭。」

案：慧琳未引訓義。

埏　卷八十八《集沙門不拜俗議》「埏形」注引《說文》：「從土，延聲。」

大徐列於新附：「八方之地也。從土，延聲。」

案：慧琳未引訓義。

墾　卷四十一《六波羅蜜多經》「耕墾」注引《說文》：「從土，狠聲。」

大徐列於新附：「耕也。從土，狠聲。」

案：慧琳未引訓義。

坳　卷八十三《玄奘傳》「坳塘」注引《說文》：「從土，幼聲。」

大徐本列於新附：「地不平也。從土，幼聲。」

案：慧琳未引訓義。

土　部（以下諸字引同二徐本，存而不論）

埴　卷九十五《弘明集》「挺埴」注引《說文》：「黏土也。從土，直聲。」卷三十一、卷六十九、卷八十四引《說文》：「從土，直聲。」

壤　卷二十九《金光明經》「沃壤」注引《說文》：「柔土也。從土，襄聲。」卷五十三、卷八引同。

卷七十未引訓義。

堵　卷九十二《高僧傳》「安堵」注引《說文》：「垣也，五板爲一堵。從土，者聲。」

墻　卷四十五《文殊悔過經》「錠墻」注引《說文》：「周垣也。從土，寮聲。」

堀　卷六十六《集異門足論》「龕堀」注引《說文》：「突也。從土，屈聲。」

垜　卷六十二《根本毘奈耶雜事律》「安垜」注引《說文》：「堂塾也。從土，朶聲。」

坦　卷四《大般若經》「坦然」注引《說文》：「安也。從土，旦聲。」卷六、卷十九引同，卷三、卷三十未引訓義。

坻　卷八十七《十門辯惑論》「如坻」注引《說文》：「小渚也。從土，氏聲。」

墀　卷八十一《南海寄歸內法傳》「丹墀」注引《說文》：「涂地也。《禮》：天子赤墀。從土，犀聲。」

堞　卷五十三《起世因本經》「疊堞」注引《說文》：「城上女垣也。從土，葉聲。」卷二十引同，卷八十三未引訓義。

坎　卷三十三《無上依經》「坑坎」注引《說文》：「從土，欠聲。」卷十九引同。卷二十七《妙法蓮花經》「坑坎」注引《說文》：「陷也。」

垠　卷三十《證契大乘經》「無垠」注引《說文》：「地垠也。從土，艮聲。」

塹　卷六十六《阿毘達磨發智論》「度塹」注引《說文》：「阬也。從土，斬聲。」
　　卷六十二、卷三十二、卷十一、卷十、卷四引同。卷十四、卷九十三未引訓
　　義。

坋　卷五十五《佛說淨飯王涅槃經》「坌者」注引《說文》：「塵也。從土，分聲。」
　　卷十五、卷二十六引同。卷三十二、卷八十未引訓義。

埃　卷十五《大寶積經》「塵埃」注引《說文》：「塵也。從土，矣聲。」

塿　卷三十九《不空羂索經》「瑕塿」注引《說文》：「塵埃也。從土，殴聲。」

垢　卷三《大般若經》「垢膩」注引《說文》：「濁也。」

壠　卷六十八《阿毘達磨大毘婆沙論》「畦壠」注引《說文》：「丘壠也。從土，龍聲。」

塞　卷六十六《阿毘達磨發智論》「隑塞」注引《說文》：「隔也。從土，從寒。」

田　部

甸　卷八十三《玄奘傳》「甸之」注引《說文》：「從田。勹聲。」
　　大徐本：「天子五百里地。從田。包省。」
　　小徐本：「天子五百里內田。從田，包省聲。」
　　案：甸，王田也。天子五百里內田，大徐「內田」二字作「地」，非是。古人「田」、
　　「甸」、「敶」三字通。田、徒年切，甸、堂練切，同屬古音十二部，應以「從
　　田、勹，田亦聲」為是。

田　部（以下諸字引與二徐本同，存而不論）

畦　卷八十一《大唐西域求法高僧傳》「禪畦」注引《說文》：「田五十畝也。從田，
　　圭聲。」

畹　卷九十八《廣弘明集》「蘭畹」注引《說文》：「田三十畝為畹也。從田，宛聲。」

畷　卷九十六《弘明集》「畷禱」注引《說文》：「兩陌間道也，廣六尺。從田，叕聲。」

畛　卷九十九《廣弘明集》「區畛」注引《說文》：「井田間陌也。從田，㐱聲。」

略　卷二十九《金光明經》「侵掠」注引《說文》：「經略土地也。從田，各聲。」

甿　卷八十八《集沙門不拜俗議》「甿階」注引《說文》：「田民也。從田，亡聲。」
　　卷十一引同。

畱　卷三《大般若經》「稽畱」注引《說文》：「止也。從田，丣聲。」

畕　部（畺字引同二徐本，存而不論）

畺　卷八十《大唐內典錄》「畺場」注引《說文》：「界也。從畕。三，其界畫也。」
　　卷八十三引同。

力　部

勱　卷四十一《六波羅蜜多經》「勉勱」注引《說文》：「勉力也。」
　　大徐本：「勉力也。《周書》曰：用勱相我邦家。讀若萬。從力，萬聲。」
　　小徐本：「勉力也。從力，萬聲。《周書》曰：用勱相我邦家。讀與厲同。」
　　案：慧琳未引「周書曰」以下數字。

勍　卷十三《大寶積經》「勍敵」注引《說文》：「強也。從力，京聲。」卷八十九、
　　卷八十四、卷九十三引同，卷九十一未引訓義。
　　大徐本：「彊也。《春秋傳》曰：勍敵之人。從力，京聲。」
　　小徐本：「強也。《春秋傳》曰：勍敵之人。從力，京聲。」
　　案：《韻會》及《玉篇》注、小徐本皆同作「強也」，慧琳亦引作「強也」，是許
　　本古本如是也。

勁　卷八十三《玄奘傳》「勁節」注引《說文》：「強也。從力，巠聲。」卷四十六引同。
　　大徐本：「彊也。從力，巠聲。」
　　小徐本：「強也。從力，巠聲。」
　　案：《玉篇》注、《韻會》、《繫傳》皆同慧琳《音義》，是《說文》古本作「強也」。

勉　卷四十一《六波羅蜜多經》「勉勱」注引《說文》：「強也。從力，免聲。」
　　大徐本：「彊也。從力，免聲。」
　　小徐本：「強也。從力，免聲。」
　　案：《韻會》、《玉篇》、《繫傳》皆同慧琳《音義》，可證《說文》古本作「強也」。

勝　卷四十四《離垢慧菩薩問禮佛經序》「勝辯」注引《說文》：「從力，朕聲。」
　　案：二徐本訓「任也」。慧琳未引訓義。

勞　卷五十三《佛說文陀竭王經》「勞貲」注引《說文》：「從力，從熒省。」
　　二徐本：「劇也。從力，熒省。熒火燒冂，用力者勞。」
　　案：慧琳未引訓義。

勦　卷九十二《高僧傳》「勦戮」注引《說文》：「從力，巢聲。」
　　二徐本：「勞也。《春秋傳》曰：安用勦民。從力，巢聲。」
　　案：慧琳未引訓義。

劬　卷六十八《阿毘達磨大毘婆沙論》「劬勞」注引《說文》：「從力，句聲。」
　　大徐本列於新附：「勞也。從力，句聲。」

案：慧琳未引訓義。

力　部（勇、勃、劾、募皆引二徐本同，存而不論）

勇　卷十一《大寶積經》「勃惡」注引《說文》：「气也。從力，甬聲。」卷十三引同。

勃　卷七《大般若經》「勃惡」注引《說文》：「排也。從力，孛聲。」卷七十八引同。

劾　卷八十竹《釋法琳傳》「勘劾」注引《說文》：「法有辠也。從力，亥聲。」

募　卷七十八《經律異相》「即募」注引《說文》：「廣求也。從力，莫聲。」卷四十五引同。

劦　部

勰　卷九十三《高僧傳》「道勰」注：「《說文》：思也，形聲字。」

二徐本：「同思之和。從劦、思。」

案：慧琳作「思也」係節引《說文》，應以「同思之和」為是。「勰」從劦、從思，會意，劦亦聲，是會意兼形聲者。

《一切經音義》引《說文》考　第十四

金　部

金　卷二十九《金光明最勝王經》「金光明」注引《說文》：「五色之金，黃爲之長，久埋不生衣，百鍊不輕，從革不違，西方之行，生于土。從土。左右點，象金在土中形。今聲也。」卷二十七引《說文》奪一衣字。
　　二徐本：「五色金也，黃爲之長，久薶不生衣，百鍊不輕，從革不違，西方之行，生於土。從土。左右注，象金在土中形。今聲。」
　　案：「左右注」慧琳兩引皆作「左右點」，是慧琳所據《說文》作「左右點」也。

鑠　卷七十七《釋迦譜序》「光鑠」注引《說文》：「從金，樂聲。」卷八十四引同。
　　案：二徐本訓「銷金也」。慧琳未引訓義。

鐽　卷四十一《六波羅蜜多經》「作鐽」注引《說文》：「從金，隊聲。」
　　案：二徐本訓「陽鐽也」。慧琳未引訓義。

鑊　卷三十八《金剛上味陀羅尼經》「鑊湯」注引《說文》：「鼎屬。從金，蒦聲。」卷九十六《弘明集》「巨鑊」注引《說文》：「鐘也。從金，蒦聲。」卷十三、卷二十四引同。
　　二徐本：「鑴也。從金，蒦聲。」
　　案：慧琳引《廣雅》：「鼎也。」又引《考聲》：「鑊似鼎而無足，煮物器也。」復引許書「鼎屬」以證之，是所據之本當作「鑴也，鼎屬。」上文「鑴，甒也」；瓦部「甒，大盆也」，鑊不能目爲大盆。謂之鼎屬，即少牢饋食禮羊鑊、豕鑊之類是也，小徐即用此說。

鍑　卷二十五、《大般涅槃經》「斧鍑」注引《說文》：「大口斧也。」
　　二徐本：「斧大口者。從金，复聲。」

案：引與二徐本義同。

鎬　卷八十六《辯正論》「鎬遊」注引《說文》：「鎬京，西周武王所都，在長安西南。從金，高聲。」

　　二徐本：「溫器也。從金，高聲。武王所都，在長安西上林苑中，字亦如此。」

　　案：鎬京之「鎬」，當作「鄗」，經典借「鎬」爲之，故云亦如此。慧琳未引「溫器」之義。

鉉　卷八十三《玄奘傳》「升鉉」注引《說文》：「鼎耳謂之鉉。從金，玄聲。」

　　大徐本：「舉鼎也。《易》謂之鉉，《禮》謂之鼏。從金，玄聲。」

　　小徐本：「舉鼎具也。從金，鉉聲。《易》謂之鉉，《禮》謂之鼏。」

　　段注本：「所以舉鼎也。從金，玄聲。《易》謂之鉉，《禮》謂之鼏。」

　　案：鼎部「鼏」：「以木橫貫鼎耳而舉之。《周禮》：廟門容大鼏七箇。即《易》玉鉉大吉也。」以「鼏」下說解證「鉉」字訓義，「鉉」爲「鼎耳」勿庸費詞，正不必因「舉鼎」二字不可解而又妄增「具也」。段氏未見慧琳《音義》所引，爲達其義乃補「所以」二字，並以顏師古謂「鉉者，鼎耳」爲誤，然所引鄭說又適足證「鉉」爲「鼎耳」，此亦段氏之偶失也。

鋆　卷五十《辯中邊論》「鋆飾」注引《說文》：「從金，熒省聲。」

　　案：二徐本訓「器也」。慧琳未引訓義。

鐵　卷三十《寶雨經》「鐵標」注引《說文》：「從金，戢聲。」

　　案：二徐本訓「鐵器也。一曰鐟也。」慧琳未引訓義。

鍱　卷七十九《經律異相》「鍱鍱」注引《說文》：「齊人謂鏶爲鍱。」卷四十六引《說文》：「齊謂鏶爲鍱。」卷八十四引《說文》：「薄鐵也。」

　　二徐本：「鏶也，齊謂之鍱。從金，葉聲。」

　　案：小徐曰：「今言鐵葉也。」此正薄鐵之義，今本奪失「薄鐵也」三字，小徐之說尚存。

鍼　卷二十九《金光明最勝王經》「鍼刺」注引《說文》：「所以縫也。」卷十九引同。卷二十四《信力入印法門經》「鍼孔」注引《說文》：「所以用縫衣也。」卷五十四引作「縫也。」卷八十引作「刺也。」

　　二徐本：「所以縫也。從金，咸聲。」

　　案：卷十九、卷二十九皆引同二徐本，竊疑卷二十四引係慧琳綴以己意者，卷五十四引係節引《說文》，卷八十引與《廣雅》同，係涉《廣雅》而譌。

錍　卷七十四《佛本行讚傳》「言錍」注引《說文》：「鏨斧也。」

　　二徐本：「鏨錍也。從金，卑聲。」

案：本部「鑒錍，斧也」，慧琳引《說文》：「錍，鑒斧也」，此二字互訓，《玉篇》亦引作「鑒斧也」，是《說文》古本作「鑒斧也」。

鐫　卷六十三《根本律攝》「鐫題」注引《說文》：「琢金石也。」卷八十四引同，卷八十一、卷九十七未引訓義。

　　大徐本：「穿木鐫也。從金，雋聲。一曰：琢石也。讀若瀸。」

　　小徐本：「破木鐫也。從金，雋聲。一曰：琢石也。讀若瀸。」

　　案：《淮南》本經「鐫山石」高注：「猶鑿也。」本部「鑿，穿木也」，小徐「鐫」作「破木」非是。「琢石也」慧琳兩引皆作「琢金石也」，是二徐皆奪一「金」字。

鉏　卷三十八《無崖際持法門經》「耘鉏」注引《說文》：「耨斫也。」

　　二徐本：「立薅所用也。從金，且聲。」

　　案：段氏注依《廣韻》訂正為「立薅斫也」，慧琳所據本亦作「耨斫」，惟無「立」字，是其證也。

鉗　卷八十三《玄奘傳》「鉗鍵」注引《說文》：「以鐵結束也。從金，甘聲。」卷五十九引《說文》：「以鐵有所束也。」

　　二徐本：「以鐵有所劫束也。從金，甘聲。」

　　案：「束，縛也」，「結，締也」，結、束本義用絲，「鉗」從鐵義亦結束，故曰「以鐵結束」，後人易為「劫束」而曰「以力脅止之」，則近於鑿矣。

鈴　卷三十四《佛為勝光天子說王法經》「鈴鐸」注引《說文》：「從金，令聲。」

　　案：二徐本「鈴，令丁也」，慧琳未引訓義。

鉦　卷九十二《高僧傳》「鉦鼓」注引《說文》：「鐃也。從金，正聲。」

　　二徐本：「鐃也，似鈴，柄中，上下通。從金，正聲。」

　　案：慧琳未引全文。

鐃　卷八十八《釋法琳本傳》「鳴鐃」注引《說文》：「小鉦也。從金，堯聲。」

　　二徐本：「小鉦也。軍法：卒長執鐃。從金，堯聲。」

　　案：慧琳未引全文。

鐸　卷三十四《佛為勝光天子說王法經》「鈴鐸」注引《說文》：「大鈴也。從金，睪聲。」

　　二徐本：「大鈴也。軍法：五人為伍，五伍為兩，兩司馬執鐸。從金，睪聲。」

　　案：慧琳未引全文。

鍠　卷八十八《法琳法師本傳》「鏗鍠」注引《說文》：「鐘聲也。」

　　二徐本：「鐘聲也。從金，皇聲。《詩》曰：鐘鼓鍠鍠。」

案：慧琳未引「《詩》曰」。

釣　卷十一《大寶積經》「陶鈞」注引《說文》：「從金，勻聲。」

案：二徐本訓「三十斤也。」慧琳未引訓義。

釭　卷十二《大寶積經》「車釭」注引《說文》：「車轂口上鐵也。」卷三十、卷五十一皆引作「車轂口鐵也。」

二徐本：「車轂中鐵也。從金，工聲。」

案：《廣雅》：「錔，錕釭也」，謂車轂中鐵，自關以西謂之「釭」。木部「槈，車轂中空也」，「釭」即裏之鐵鍱，自以作中為是。卷十二「口上」，卷三十、卷五十一「口」字，係傳鈔譌誤。

鈔　卷三十九《不空羂索陀羅尼經》「鈔功」注引《說文》：「收取也。從金，少聲。」

二徐本：「叉取也。從金，少聲。」

案：叉，手指相錯也。從又象叉之形，以「叉取」訓「鈔」則其義不廣，何以引申為「略也」、「掠也」，段氏從今本釋之，自知其義不可通，故有「容以金鐵諸器刺取之矣」一語。或以《音義》引作：「抄，取也。」釋之，亦覺未當。細觀《音義》刊作「抄」，左作「扌」，確非作「支」；右作「丩」，並非心旁。支部：「收捕也」，「鈔」訓「收取」即「捕取」之義，故引申有略、掠二訓，且有借用「剿」字者，是此字決非「叉取」可無疑義，惟何以誤作「叉取」，則未得其證也。

鏃　卷十五《大寶積經》「箭鏃」注引《說文》：「利也。從金，族聲。」卷三十八、卷七十七引作「刺也」。

二徐本：「利也。從金，族聲。」

案：下文「鈌，刺也」；「鏉，利也」，慧琳或引作「刺也」，從引作「利也」，蓋涉下文而譌，應以作「利也」為是。

銘　卷七十六《馬鳴菩薩傳》「銘其」注引《說文》：「從金，名聲。」

大徐列於新附：「記也。從金，名聲。」

案：慧琳未引訓義。

鎖　卷十六《大方廣三戒經》「枷鎖」注引《說文》：「錮也。從金，肖聲。」

卷四十二、卷十九引《說文》：「從金，肖聲。」卷七十引《說文》作「連環也」。

大徐列於新附：「鐵鎖，門鍵也。從金，肖聲。」

案：慧琳一引《玉篇》：「連環也」，一引《字書》云：「連環也」。可證卷七十係涉筆之誤。本部「錮，鑄塞也」；「鍵」一曰車轄，兩義皆與鎖之為用相合，許書原作何解，傳寫多歧，所以大徐采入新附，與慧琳所引不能同也。

鑞　卷三十五《大陀羅尼末法中一字心呪經》「或鑞」注引《說文》:「青金也。形聲字。」

二徐本無。

案:慧琳引《考聲》云:「鑞,鉛錫類也。」《韻英》:「鉛也。」本部「鉛,青金也」,故《韻英》直釋爲鉛,可證舊有此文。

鏗鏘　卷八十三《玄奘傳》「鏗鏘」注:「《說文》並從金,也。」卷八十九引《說文》:「二字並從金,堅、將皆聲。」

卷八十五《辯正論》「鏘鏘」注引《說文》:「罄聲也,形聲字。」

二徐本無。

案:慧琳引《集訓》云:「金玉聲也。」引《禮記》子夏曰:「鐘聲鏗鏘,撞擊之聲也。」《論語》孔注:「鏗爾投瑟之聲。」本書殳部「毃,堅也」,讀若鏗鏘之鏗,手部「摼」下、車部「轒」下皆曰:「讀若《論語》鏗尒舍琴而作」,可證古本有「鏗鏘」二字,今皆奪失。

鍮　卷四十七《中論》「鍮石」注引《說文》:「從金,俞聲。」卷八十引《說文》:「從金,從偷省聲。」

二徐本無。

案:慧琳卷四十七引《埤蒼》云:「鍮石似金也。」卷八十引《埤蒼》:「鍮石似金而非金也。」《韻會》云:「石名,似金。」未著所出,竊疑或所引爲小徐本,有「說文」二字爲後人刊落也。

銜　卷十一《大寶積經》「口銜」注引《說文》:「馬口中勒也。」

大徐本:「馬勒口中。從金,從行。銜,行馬者也。」

小徐本:「馬勒口中也。從金、行。銜者,行馬者也。」

案:段注云:「也當作者。」此以馬勒口中,語義不明故云,然慧琳所引「勒」字在下,所謂在馬口中者,謂之銜也。

金　部（以下諸字引同二徐本,存而不論）

鉛　卷十八《十輪經》「鉛錫」注引《說文》:「青金也。從金,台聲。」卷三十一、卷三十六、卷八十八引同。

錫　卷十八《十輪經》「鉛錫」注引《說文》:「銀鉛之間也。從金,易聲。」卷三十一、卷三十六、卷八十八引同。

銅　卷四十四《千佛因緣經》「鎔銅」注引《說文》:「赤金也。從金,同聲。」

鐵　卷四十一《六波羅蜜多經》「鐵臼」注引《說文》:「黑金也。從金,戠聲。」卷

三十八引同。

鏤　卷二十四《方廣大莊嚴經》「彫鏤」注引《說文》：「剛鐵可以刻鏤也。從金，婁聲。」卷八十引奪一「以」字，餘同上。

鑄　卷十二《大寶積經》「鑄鍊」注引《說文》：「銷金也。」

銷　卷十一《大寶積經》「銷滅」注引《說文》：「鑠金也。從金，肖聲。」

鍊　卷三十一《新翻密嚴經》「融鍊」注引《說文》：「冶金也。從金，柬聲。」卷十二、卷三十、卷三十五引同。

錮　卷四十六《大智度論》「錮石」注引《說文》：「鑄塞也。」

鎔　卷六十二「鎔銅」注引《說文》：「冶器法也。從金，容聲。」

鍛　卷十六《佛說胞胎經》「鍛師」注引《說文》：「小冶也。從金，段聲。」卷六十一、卷十一引同。

鋌　卷四十《觀自在菩薩隨心呪經》「金鋌」注引《說文》：「銅鐵樸也。從金，廷聲。」卷三十五、卷四十引同。

鑑　卷三十九《不空羂索神呪心經》「鑑徒」注引《說文》：「大盆也。一曰：鑑諸。可以取明水於月，從金，監聲。」卷六十六引同。卷六十二、卷八十四未引訓義。

鍵　卷四十《聖迦尼金剛童子求成就經》「關鍵」注引《說文》：「鉉也。從金，建聲。」卷三十一、卷十三引同。卷五十一、卷八十、卷八十三、卷八十八未引訓義。

錠　卷四十六《文殊悔過經》「錠燎」注引《說文》：「鐙也。從金，定聲。」

鐙　卷九十五《弘明集》「鐙王」注引《說文》：「錠也。從金，登聲。」

鏟　卷七十七《釋迦譜》「鏟炙」注引《說文》：「鏶也。一曰：平鐵。從金，產聲。」

鏇　卷六十三《根本律攝》「鏇腳」注引《說文》：「圜鑪也。從金，旋聲。」卷三十九未引訓義。

鏨　卷九十五《弘明集》「鏨琢」注引《說文》：「小鑿也。從金，從斬聲。」卷八十引同。

鑿　卷八十《大唐內典錄》「鑿之」注引《說文》：「穿木也。」

銛　卷三十五《一字頂輪王經》「頭銛」注引《說文》：「鍤屬。從金，舌聲。」卷三十一、卷三十九未引訓義。

鎌　卷六十九《阿毘達磨大毘婆沙論》「須鎌」注引《說文》：「鍥也。從金，兼聲。」

鈕　卷六十二《根本毘奈耶雜事律》「鐶鈕」注引《說文》：「印鼻也。從金，丑聲。」

鈲　卷四十五《佛說菩薩心地戒品經》「鈲子」注引《說文》：「鉆也。從金，耴聲。」

鉆　卷四十七《彌勒所問論》「指鉆」注引《說文》：「鐵鈲也。從金，占聲。」

鋸　卷六十二《根本毘奈耶雜事律》「以鋸」注引《說文》:「槍唐也。從金，居聲。」

鑱　卷六十二《根本毘奈耶雜事律》「鑱身」注引《說文》:「銳也。從金，毚聲。」

銳　卷十五《大寶積經》「勇銳」注引《說文》:「芒也。從金，兌聲。」卷三十四、卷四十一引《說文》:「從金，兌聲。」

鑽　卷六十二《根本毘奈耶雜事律》「鑽孔」注引《說文》:「所以穿也。從金，贊聲。」

銓　卷八十一《三寶感通傳》「銓次」注引《說文》:「衡也。從金，全聲。」卷九十七引同。

銖　卷九十五《弘明集》「錙銖」注引《說文》:「權十分黍之重也。從金，朱聲。」

錙　卷九十五《弘明集》「錙銖」注引《說文》:「六銖也。從金，甾聲。」

鏢　卷五十九《四分律》「鏢鑽」注引《說文》:「刀削末銅也。」

鎧　卷七十八《經律異相》「之鎧」注引《說文》:「甲也。從金，豈聲。」(此字凡九引皆同此)

鑣　卷九十二《高僧傳》「齊鑣」注引《說文》:「馬銜也。從金，麃聲。」(此字凡六引皆同此)

鏑　卷十五《大寶積經》「箭鏃」注引《說文》:「矢鋒也。」

斤　部

斮　卷九十八《廣弘明集》「斮髓」注引《說文》:「從斤，昔聲。」卷八十三、卷八十八引同。

案：二徐本訓「斬也。」慧琳未引訓義。

斤　部(斤、斲引與二徐本同，存而不論)

斤　卷五十八《僧祇律》「斤頭」注引《說文》:「斫木也。」卷五十九引同。

斲　卷六十二《根本毘奈耶雜事律》「斲斤」注引《說文》:「斫也。從斤，豆聲。」卷六十七、卷九十三引同，卷八十四未引訓義。

斗　部

斛　卷七十八《經律異相》「一斛」注引《說文》:「量器也。從斗，角聲。」

二徐本:「十斗也。從斗，角聲。」

案：慧琳先引《儀禮》:「十斗爲斛也」，次引《說文》，許說古本不僅作「十斗也」，二徐本奪失「量器也」三字，丁福保亦云:「今二徐本奪，宜據補。」此說極是。

彎　卷三十七《陀羅尼經》「彎油」注引《說文》：「抒漏也。從斗，緣聲。」卷四十四、卷五十九引同。

二徐本：「抒滿也。從斗，緣聲。」

案：水部「灓，漏流也」，《說文》聲亦兼義，故從「緣」者皆訓爲「漏」。慧琳屢引皆作「漏」，玄應亦引同，可證今本「滿」字乃傳寫之誤，段注《說文》即依玄應《音義》訂正。

矛　部

矛　卷十四《大寶積經》「车矛」注引《說文》：「長二丈，建於兵車也。」

二徐本：「酋矛也，建於兵車，長二丈。象形。」

案：慧琳引與二徐本義同。

穳　卷五《大般若經》「矛穳」注引《說文》：「從矛，贊聲。」

二徐本無。

案：慧琳先引《考聲》：「遙投矛也。」次引《說文》，此字既見於《考聲》，當爲古本所有，本部如「㺊」、「㺜」、「矵」、「矠」皆所罕見，此字罕見而復佚之。

矟　卷八十四《古今佛道論衡》「借矟」注引《說文》：「從矛，肖聲。」

二徐本無。

案：慧琳先引《廣雅》：「矛也。」次引《說文》，竊疑此字亦罕見而佚之字也。

車　部

車　卷二十七《妙法蓮花經》「車」下注引《說文》：「輿輪之總名也，夏后氏奚仲所作。」卷四引《說文》：「象形。」

大徐本：「輿輪之總名。夏后時奚仲所造。象形。」

小徐本：「輿輪之總名也。夏后時奚仲所作。象形。」

案：夏后時奚仲所作，慧琳引與小徐本同，大徐本作「造」，義亦可通，惟慧琳「時」作「氏」恐非。

軒　卷二十七《妙法蓮花經》「軒飾」注引《說文》：「曲輈轓車也。」

大徐本：「曲輈藩車。從車，干聲。」

小徐本：「曲輈轓車也。從車，干聲。」

案：慧琳引與小徐同，大徐「轓」作「藩」，蓋以本部無「轓」而改之。《漢書·景帝紀注》曰：「據許慎李登說，轓、車之蔽也。」又引《左傳》「以藩載欒盈」，檢草部「藩」下亦無「車蔽」之說，知非顏注字誤，是《說文》本有「轓」字，

以為車蔽之專字，今本佚失之。

軾　卷六十三《根本一切有部律攝》引《說文》：「車前木也。」

　　二徐本：「車前也。」

　　案：二徐本脫「木」字，《急就篇》：「軹、軾、軨、轙、軜、衡」顏注：「軾，車前橫木也。」是其證也。

輼　卷九十九《廣弘明集》「輼軒」注引《說文》：「從車、㐫，㐫亦聲。」

　　二徐本：「軿車前，衣車後也。從車，㐫聲。」

　　案：慧琳未引訓義。

軿　卷八十五《辯正論》「軿羅」注引《說文》：「從車，并聲。」

　　大徐本：「輼車也。從車，并聲。」

　　小徐本：「軿車也。從車，并聲。」

　　案：大徐作「輼車」，小徐作「軿車」，《韻會》引作「輕車也。」段注《說文》依全書通例正之作「軿也。」是此字傳鈔紛亂，未有定本，慧琳未引訓義，亦無從考證矣。

輼輬　卷九十四《高僧傳》「輼輬」注：「《說文》云：輼輬，臥車也。二字並從車，㐫、京亦聲。」

　　案：引與二徐本同。

輬　卷九十九《廣弘明集》「輬軒」注引《說文》：「從車，酋聲。」

　　案：二徐本訓「輕車也。」慧琳未引訓義。

幢　卷九十四《高僧傳》「幰幢」注引《說文》：「陣車也。從車，童亦聲。」

　　卷三十四《大乘百福莊嚴相經》「幢刄」注引《說文》：「陷䢉車也。從車童聲。」

　　二徐本：「陷䢉車也。從車，童聲。」

　　案：卷三十四引與二徐本同，卷九十四引奪一「陷」字。

輿　卷二十七《妙法蓮華經》「輿」注引《說文》：「車輿也。一曰：車無輪曰輿。」卷五十九引同。

　　卷十七、卷四十一、卷五十三、卷八十三引《說文》：「車輿也。從車，舁聲。」

　　二徐本：「車輿也。從車，舁聲。」

　　案：慧琳卷二十七、卷五十九所引尚有「一曰車無輪曰輿」是今本奪去一解。

輯　卷八十九《高僧傳》「允輯」注引《說文》：「從車，咠聲。」

　　案：二徐本訓「車和輯也。」慧琳未引訓義。

較　卷八十五《辯正論》「大較」注引《說文》：「從車，爻聲。」

　　案：二徐本訓「騎上曲銅也。」慧琳未引訓義。

輒　卷六十四《四分僧羯磨》「輒述」注引《說文》:「從車,耴聲。」
　　案:二徐本訓「車兩騎也。」慧琳未引訓義。

軫　卷八十《開元釋教錄》「輟軫」注引《說文》:「從車,㐱聲。」
　　案:二徐本訓「車後橫木也」。慧琳未引訓義。

軸　卷五十三《起世因本經》「轅軸」注引《說文》:「持輪者也。從車,由聲。」
　　二徐本:「持輪也。從車,由聲。」
　　案:二徐皆奪一「者」字。

軔　卷九十一《高僧傳》「發軔」注引《說文》:「礙車木也。從車,刃聲。」
　　二徐本:「礙車也。從車,刃聲。」
　　案:《離騷》:「朝發軔於蒼梧。」王逸曰:「軔,支輪木也。」《詩・小旻・正義》
　　引《說文》:「軔,礙車木也。」與慧琳引同,是古本有一「木」字,今本奪失。

輸　卷八十五《辯正論》「輸睬」注引《說文》:「從車,俞聲。」
　　案:二徐本訓「委輸也。」慧琳未引訓義。

轄　卷十五《大寶積經》「輻轄」注引《說文》:「車聲也。一云:轄也。」
　　二徐本:「車聲也。一曰:轄鍵也。從車,害聲。」
　　案:慧琳所引奪一「鍵」字。

輩　卷二十七《妙法蓮花經》「此輩」注引《說文》:「軍發車百兩爲一輩。從車,非
　　聲。」
　　二徐本:「若軍發車百兩爲輩。從車,非聲。」
　　案:《唐寫本玉篇》「輩」注引作:「軍發車百乘爲一輩」,與慧琳引《說文》皆
　　無「若」字,是古本無「若」字之證。

輪　卷五十七《佛說分別善惡所起經》「輪轢」注引《說文》:「有輻曰輪。從車,侖
　　聲。」
　　二徐本:「有輻曰輪,無輻曰輇。從車,侖聲。」
　　案:慧琳未引「無輻曰輇」四字。

輓　卷二十《寶星經》「輓住」注引《說文》:「引車也。從車,免聲。」
　　大徐本:「引之也。從車,免聲。」
　　小徐本:「引車也。從車,免聲。」
　　案:小徐本、《韻會》、慧琳並引作「引車也」,蓋古本如是,大徐本涉輦字解而
　　誤。

轍　卷一百《惠超往五天竺國傳》「兩轍」注引《說文》:「從車,徹省聲。」卷八十
　　四、卷九十五、卷九十八引同。

大徐列於新附：「車迹也。從車，徹省聲。」

案：慧琳未引訓義。

較　卷八十八《集沙門不拜俗議》「較而」注引《說文》：「從車，交聲。」

二徐本無。

案：《韻會》云：「較或作較。」《詩》：「倚重較兮」，注引《周禮·輿人》云：「較，兩輢上出軾者，今之平隔。」《後漢書·輿服志》：「金薄繆龍爲輿倚較」，《通俗文》：「車箱爲較」，《孟子》：「田獵相較」，是以「較」爲「較」之或體，然經典作「較」者少，許書古本應有「較」字也。

輾　卷五十九《四分律》「輾治」注引《說文》：「轢也。」

二徐本無。

案：報，轢也，讀尼展切，《廣韻》：報，車轢物。或作「輾」，玄應亦云又作「報」。是所據《說文》以「輾」爲重文，自通用「展」字，「報」、「輾」二字遂廢矣。

車　部（輅、轂、轅、軶、報、轢、軌、轒、輦、轟皆引與二徐本同，存而不論）

輅　卷三十五《一字奇特佛頂經》「車輅」注引《說文》：「車輪前橫木也。」卷十七、卷十八引同。

轂　卷六十八《大毘婆沙論》「車轂」注引《說文》：「輻之所湊者也。從車，㲉聲。」

轅　卷六十八《大毘婆沙論》「轅軶」注引《說文》：「輈也。從車，袁聲。」

軶　卷六十六《法蘊足論》「無明軶」注引《說文》：「轅前也。從車，戹聲。」

報　卷十八《十輪經》「所報」注引《說文》：「轢也。從車，及聲。」

轢　卷七十六《法句譬喻無常品經》「轢殺」注引《說文》：「車所踐也。從車，樂聲。」

軌　卷七十二《顯宗論》「軌生」注引《說文》：「車轍也。從車，九聲。」

轒　卷九十四《高僧傳》「轒輼」注引《說文》：「淮陽名車穹隆，轒。從車，賁聲。」

輦　卷七十四《佛本行讚傳》「擔輦」注引《說文》：「輓車也。從車，從㚘在車前引之也。」

轟　卷十七《大乘顯識經》「轟鬱」注引《說文》：「群車聲也。從三車。」卷三十七引同。

𦫵　部（𦫵引同二徐本，存而不論）

𦫵　卷二十四《方廣大莊嚴經》「堆𦫵」注引《說文》：「小𨸏也，象形字。」卷三十一引同。

自 部

自　卷三十一《佛說首楞嚴三昧經》「自自」注引《說文》：「大陸山無石也。象形。」

　　大徐本：「大陸，山無石者。象形。」

　　小徐本：「大陸山無石也。象形。」

　　案：小徐、《韻會》、慧琳引皆作「大陸山無石也。」蓋古本如是。《玉篇》作：「阜，大陸也，山無石也」，是爲二義。

陵　卷八十四《古今佛道論衡》「陵轢」注引《說文》：「從自，夌聲。」

　　案：二徐本訓「大自也。」慧琳未引訓義。

陬　卷九十八《廣弘明集》「孟陬」注引《說文》：「從自，取聲。」

　　案：二徐本訓「阪隅也」，慧琳未引訓義。

陋　卷六十八《大毗婆沙論》「鄙陋」注引《說文》：「陜也。從自，匸聲。」

　　大徐本：「阨陜也。從自，匸聲。」

　　小徐本：「陜陜也。從自，匸聲。」

　　案：小徐、《廣韻》、《韻會》引並作「陜」字，大徐作「阨」非是，慧琳所引奪一「陜」字。

陮　卷三《大般若經》「埠阜」注引《說文》：「陮隗，京也。從自，佳聲。」卷六引同。

　　大徐本：「陮隗，高也。從自，佳聲。」

　　小徐本：「陮隗，高也。從自，佳聲。臣鍇曰：京，高邱也。」

　　案：小徐曰：「京，高邱也。」可證小徐原本作「京也」，「高」爲傳寫之誤。

陷　卷四十七《遺教論》「坑陷」注引《說文》：「從高而下也。」卷五十七引同。

　　二徐本：「高下也。一曰：陊也。從自，從臽，臽亦聲。」

　　案：段氏注曰：「高下之形曰陷，故自高入於下亦曰陷。」此乃未見慧琳兩引如是，故有此說。《說文》古本正「從高而下也」，二徐本作「高下也」，詞義未完，當據慧琳《音義》以訂正。

隤　卷四十四《離垢慧菩薩問禮佛經序》「隤運」注引《說文》：「墜下也。」卷六十四、卷六十九、卷八十二、卷八十三、卷八十七、卷九九引同。

　　二徐本：「下隊也。從自，貴聲。」

　　案：《唐寫本玉篇》「隤」注引《說文》：「墜下也」，《文選·高唐賦》注亦引同，可證《說文》古本如是，今二徐本傳寫顛倒宜據正。「墜」乃「隊」字之假。

隕　卷九十八《廣弘明集》「迹隕」注引《說文》：「從自，員聲。」

案：二徐本訓「從高下也。」慧琳未引訓義。

隤　卷四十二《大佛頂經》「隤殄」注引《說文》：「敗也。從𨸏𡍩聲。」

二徐本：「敗城𨸏曰隤。從𨸏，𡍩聲。」

案：各本皆作敗城𨸏曰隤，慧琳此引奪「城𨸏曰隤」四字。

隩　卷九十一《高僧傳》「隅隩」注引《說文》：「從𨸏，奧聲。」

案：二徐本訓「水隈崖也。」慧琳未引訓義。

陶　卷八十四《古今佛道論衡》「陶鑄」注引《說文》：「從𨸏，匋聲。」

二徐本：「再成丘也，在濟陰。從𨸏，匋聲。《夏書》曰：東至于陶丘。陶丘有堯城，堯嘗所居，故堯號陶唐氏。」

案：慧琳未引訓義。

阽　卷九十八《廣弘明集》「阽危」注引《說文》：「危也。從𨸏，占聲。」

二徐本：「壁危也。從𨸏，占聲。」

案：「阽」字見於群書者皆但言「危」，慧琳引《說文》亦云「危也」，二徐本作「壁危」者或以其從𨸏也。

際　卷十二《大寶積經》「涯際」注引《說文》：「會也。」

二徐本：「壁會也。從𨸏，祭聲。」

案：「際」者，兩牆相合之縫也，應以壁會爲是，慧琳奪一「壁」字。

陴　卷九十五《弘明集》「哀陴」注引《說文》：「城上垣，陴倪也。從𨸏，卑聲。」

二徐本：「城上女牆，俾倪也。從𨸏，卑聲。」

案：慧琳所引奪一「女」字。女垣、女牆義得兩通。

隝　卷五十三《起世因本經》「村隝」注引《說文》：「小障也。從𨸏，烏聲。」

二徐本：「小障也。一曰：庳城也。從𨸏，烏聲。」

案：慧琳未引又一義。

院　卷九十三《高僧傳》「西院」注引《說文》：「從𨸏，完聲。」

案：二徐本訓「堅也」，慧琳未引訓義。

𨸏　部（以下諸字皆引同二徐本，存而不論）

陸　卷二《大般若經》「水陸」注引《說文》：「高平地也。從𨸏，坴聲。」

隅　卷九十一《高僧傳》「隅隩」注引《說文》：「陬也。」

險　卷一百《法顯傳》「險戲」注引《說文》：「阻難也。從𨸏，僉聲。」

阻　卷三《大般若經》「能阻」注引《說文》：「險也。從𨸏，且聲。」

陗　卷九十三《高僧傳》「陗急」注引《說文》：「陵也。從𨸏，肖聲。」

陞　卷七十五《五門禪經要用法》「梯陞」注引《說文》：「仰也。從自，登聲。」卷六十八引同。

陝　卷六十八《大毘婆沙論》「陝故」注引《說文》：「隘也。從自，夾聲。」

隰　卷十八《十輪經》「原隰」注引《說文》：「阪下濕也。從自，㬎聲。」卷九引同。

隊　卷八十八《法琳法師本傳》「巔隊」注引《說文》：「從高隊也。」

降　卷十一《大寶積經》「降澍」注引《說文》：「下也。從自，夅聲。」

防　卷七十二《顯宗論》「防援」注引《說文》：「隄也。從自，方聲。」

隄　卷七十七《釋迦譜》「隄塘」注引《說文》：「塘也。從自，是聲。」

嗛　卷八十一《集神州三寶感通錄》「崖嗛」注引《說文》：「崖也。從自，兼聲。」

阨　卷六十九《大毘婆沙論》「守阨」注引《說文》：「塞也。」

隔　卷二《大般若經》「限隔」注引《說文》：「障也。從自，鬲聲。」

障　卷十實相《般若經》「障累」注引《說文》：「隔也。從自，章聲。」

限　卷五十九《四分律》「限處」注引《說文》：「水曲隩也。」

階　卷十二《大寶積經》「階砌」注引《說文》：「陛也。」

隙　卷三十一《大乘入楞伽經》「孔隙」注引《說文》：「壁際孔也。從自、𡭴，𡭴亦聲。」

隍　卷十三《大寶積經》「隍池」注引《說文》：「城池也。有水曰池。無水曰隍，從自，皇聲。」

𨸏 部

隘　卷八十《開元釋教錄》「穹隘」注引《說文》：「塞也。」

　　卷八十《大唐內典錄》「褊隘」注引《說文》：「陋也。從自，益。」

　　二徐本：「陋也。從𨸏，㦺聲。」

　　案：慧琳「褊隘」注引與二徐本同，是《說文》作「陋也」無誤，「穹隘」注引作「塞也」義亦可通，自部曰「陋者，阨陝也」；「阨者，塞也」；「陝者，隘也」；四字相為轉注。

叕　部（綴字引同二徐本存而不論）

綴　卷九十一《高僧傳》「綴比」注引《說文》：「合箸也。從叕，從糸。」

九　部（馗字引同二徐本存而不論）

馗　卷九十六《弘明集》「橫馗」注引《說文》：「九達道。似龜背，故謂之馗。」

内　部

禽　卷四十《阿吒婆拘鬼神大將上佛陀羅尼經》「禽獸」注引《說文》：「走獸之總名也。頭象形。從内，今聲。禽、离、兕頭相似也。」
案：引與二徐本同。

离　卷九十三《高僧傳》「摺山嵐」注引《說文》：「嵐亦猛獸也。從禽頭，從内，屮聲。」
大徐本：「山神，獸也。從禽頭，從内，從屮。歐陽喬說：离，猛獸也。」
小徐本：「山神，獸也。從禽頭，從内，屮聲。歐陽喬說：离，猛獸也。」
案：慧琳未引全文。慧琳引「從屮聲」與小徐本同，《說文》屮讀若徹，《禮記·檀弓》：「奠徹爲池」，實古音通轉之證，當以屮爲聲。

嘼　部

獸　卷四十《阿吒婆拘鬼神大將上佛陀羅尼經》「禽獸」注引《說文》：「守備也。從犬，嘼聲。」
案：引與小徐本同。

甲　部

甲　卷四十《佛說毘沙門天王成就經》「衣甲」注引《說文》：「甲，東方之孟陽气萌動也。從木載孚甲之象也。《太一經》云頭宜爲甲，甲象人頭也。」
大徐本：「位東方之孟，陽气萌動。從木戴孚甲之象。一曰：人頭宜爲甲，甲象人頭。」
小徐本：「位東方之孟，陽气萌動。從木載孚甲之象也。《太一經》曰：頭玄爲甲，甲爲人頭。」
案：慧琳引與二徐本大同小異，「太一經曰」大徐本作「一曰」。非是《集韻》、《類篇》引並無「位」字，小徐、《韻會》「戴」作「載」皆與慧琳合，是慧琳所據爲許書古本無疑也。

辛　部

辛　卷三《大般若經》「辛酸」注引《說文》：「從二從羊。羊，辠。羊承庚，象人服。」
二徐本：「秋時萬物成而孰。金剛味辛，辛痛即泣出。從一，從辛。辛，辠也。辛承庚，象人股。」
案：慧琳未引全文，應以二徐爲是。

辠　卷十六《無量清淨平等覺經》「辠推」注引《說文》：「辠也。從辛，古聲。」
　　案：引與二徐本同。

辭　卷十五《大寶積經》「文辭」注引《說文》：「解訟也。從𤔔從辛。𤔔辛，猶理辠也。」
　　大徐本：「訟也。從𤔔。𤔔猶理辠也。𤔔，理也。」
　　小徐本：「辭訟也。從𤔔、辛。𤔔，猶理辠也。」
　　案：《廣韻》引作「說也」，大徐作「訟也」，小徐本「辭訟也」，慧琳引作「解訟也」，是此字傳鈔譌誤，未有定本。段氏《說文》注據《廣韻》所引訂爲「說也。」並云：「今本此『說』譌爲『訟』。『訟』字下『訟』譌爲『說』，其誤正同，言部曰：說者，釋也。」

辡　部

辯　卷二《大般若經》「無邊辯」注引《說文》：「治也。」同卷「辯說」注引《說文》：「從言也。」
　　二徐本：「治也。從言在辡之間。」
　　案：慧琳未引全文。

子　部

孕　卷四十三《訂哩底眞言法》「胎孕」注引《說文》：「懷子也。從子，乃聲。」卷七引同。卷二引《說文》：「裹子也。」卷三十引《說文》：「從子，乃聲。」
　　二徐本：「裹子也。從子、几。」
　　案：懷古通。二徐作從子、几，非是。乃音仍，孕從乃聲。艸部「芿」字，人部「仍」字皆乃聲。《管子》孕作𦠆，從繩省聲，可證也。

挽　卷七十九《經律異相》「挽身」注引《說文》：「生子免身也。從子，免聲。」
　　二徐本：「生子免身也。從子、免。」
　　案：許書無「免」字，據此條則必當有「免」字，隅然逸之，正如由字耳。段氏注云：「免聲當在古音十四部。……挽則會意兼形聲。」

孺　卷九十二《高僧傳》「孺慕」注：「《說文》云：孺子即稚子也。從子，需聲。」
　　二徐本：「乳子也，一曰：輸也。輸，尙小也。從子，需聲。」
　　案：慧琳引作「孺子即稚子也」，與《說文》通例不合，竊疑係綴以己意者，二徐本「輸，尙小也」，不可通。《廣韻》引作「一曰：輸孺尙小也。」應以《廣韻》所引爲是。

孳　卷七十八《經律異相》「不孳」注引《說文》：「汲汲也。從子，茲聲。」卷三十
　　九引同。
　　卷七十二《顯宗論》「孳產」注引《說文》：「孳乳相生而浸多也。從子，茲聲。」
　　二徐本：「汲汲生也。從子，茲聲。」
　　案：慧琳《音義》兩引皆作「汲汲」，玄應《音義》《大方等無相大雲請雨經》
　　「滋味」注亦引作「汲汲也」，是慧琳、玄應所據本皆作「汲汲也」，無「生」
　　字。《說文》敍云：「字者言孳乳而浸多也。」竊疑卷七十二引係涉敍而誤。
孤　卷四十一《六波羅蜜多經》「孤惸」注引《說文》：「無父孤。」
　　二徐本：「無父也。從子，瓜聲。」
　　案：慧琳所引「無父孤」之「孤」字當爲「也」字之譌。

了　部（孑字引同二徐本，存而不論）
孑　卷八十三《玄奘傳》「孑然」注引《說文》：「無左臂也，象形字。」

孨　部（孨字引同二徐本，存而不論）
　　卷八十六《辯正論》「孨然」注引《說文》：「謹也。從三子。」

酉　部
釀　卷六十二《根本毘奈耶雜事律》「多釀」注引《說文》：「醞，得酒曰釀。從酉，
　　襄聲。」卷四十六引《說文》：「醞，作酒曰釀。」
　　卷七十九《經律異相》「無釀」注引《說文》：「作酒曰釀。從酉，襄聲。」
　　二徐本：「醞也。作酒曰釀。」
　　案：下文「醞，釀也」，二徐云：「釀，醞也」，是二字爲互訓，慧琳卷四十六引
　　奪一「也」字，卷七十九奪「醞也」二字。
醪　卷八十二《西域記》「醇醪」注引《說文》：「汁滓酒也。」卷九十七引《說文》：
　　「從酉，翏聲。」
　　案：引與二徐本同。
醇　卷二十《寶星經》「醇醲」注引《說文》：「不澆也。從酉，臺聲。」卷八十七引
　　同。卷六十六未引訓義。
　　二徐本：「不澆酒也。從酉，臺聲。」
　　案：慧琳兩引皆奪「酒」字。
醲　卷三十《金光明經》「肥醲」注引《說文》：「厚也。從酉，農聲。」

二徐本：「厚酒也。從酉，農聲。」

案：慧琳奪一「酒」字，應以訓「厚酒也」爲是。

醨　卷六十四《戒消災經》「醨酒」注引《說文》：「下酒也。」

二徐本：「下酒也。一曰：醇也。從酉，麗聲。」

案：慧琳未引又一義。

醻　卷六十二《根本毘奈耶雜事律》「酬賽」注引《說文》：「醻，獻酬也。從酉，壽聲。」卷二未引訓義。

大徐本：「主人進客也。從酉，壽聲。」

小徐本：「獻醻，主人進客也。從酉，壽聲。」

案：《韻會》引同小徐本，「主人」上有「獻醻」二字，慧琳引《說文》作「獻醻也」，是古本有此二字，慧琳未引全文。

醋　卷二十九《金光明經》「鹹醋」注引《說文》：「客酌主人酒也。」

二徐本：「客酌主人也。從酉，昔聲。」

案：慧琳引「主人」下有「酒」字，蓋其所據本如是也。《蒼頡篇》云：「主答客曰酬，客報主人曰醋。」與二徐本同並無「酒」字。

醵　卷八十七《崇正論》「酺醵」注引《說文》：「會飲食也。從酉，豦聲。」

二徐本：「會飲酒也。從酉，豦聲。」

案：慧琳所引「食」字應爲「酒」之譌。

酺　卷八十七《崇正錄》「酺醵」注引《說文》：「王德布，大飲酒也。從酉，甫聲。」

案：引與二徐本同。

醟　卷九十七《廣弘明集》「酲醟」注引《說文》：「酌也。從酉，熒省聲。」

案：引與二徐本同。

醫　卷六十《根本毘奈耶雜事律》「女醫」注引《說文》：「治病工也。」卷四十五、卷三十二、卷四引同。

卷二十七《妙法蓮花經》「醫」注引《說文》：「治病工也，醫之爲性，得酒而使藥，故醫字從酉，殹聲。殹亦病人聲，酒所以治病者，藥非酒不散。」

卷二十九《金光明經》「醫王」注引《說文》：「治病工也，醫人從酒使藥故從酉。」

卷三十《寶雲經》「醫者」注引《說文》：「治病工也，醫意也，醫之爲性然，得酒而使藥，故醫字從酉，是古酒字。《周禮》：古者巫彭初作醫。」

二徐本：「治病工也。殹，惡姿也，醫之性然，得酒而使，從酉。王育說，一曰：殹，病聲，酒所以治病。《周禮》有醫酒，古者巫彭初作醫。」（大徐姿作姿。）

案：慧琳引「醫」字凡八見，以卷二十七引語意最完整，然與二徐參照仍未

引全文，慧琳引有「酒所以治病者，藥非酒不散。」二徐本無「藥」以下五字。又引有「病人聲」，二徐奪一「人」字。又慧琳屢引皆無「殹，惡恣」，蓋古本如是也，今本多有誤奪之處。

酖　卷三十《金光明經》「酖醉」注引《說文》：「從酉，尤聲。」
　　案：二徐本訓「樂酒也。」慧琳未引訓義。

酸　卷三十五《一字頂輪王經》「酸酢」注引《說文》：「酢也。」
　　二徐本：「酢也。從酉，夋聲。關東謂酢曰酸。」
　　案：慧琳未引全文。

醢　卷八十四《古今譯經圖記》「菹醢」注引《說文》：「從酉，䇜聲。」
　　大徐本：「肉醬也。從酉、䇜。」
　　小徐本：「肉醬也。從酒，䇜聲。」
　　案：慧琳未引訓義，大徐本奪一「聲」字。

酹　卷九十四《高僧傳》「祭酹」注引《說文》：「餟祭也。從酉，寽聲。」
　　案：引與二徐本同。

醮　卷三十九《不空羂索陀羅尼經》「作醮」注引《說文》：「祭也。」
　　大徐本：「冠娶。禮祭。從酉，焦聲。」
　　小徐本：「冠娶。禮祭也。從酉，焦聲。」
　　案：〈士冠禮〉若不醴則醮，用酒三加凡三醮。鄭曰：「酌而無酬酢曰醮。」〈士昏禮〉父醮子命之迎婦，嫡婦則酌之以醴，庶婦使人醮之，酌之以酒。鄭曰：「酒不酬酢曰醮」，依鄭說非謂祭也，而二徐云：「冠娶禮祭」，事屬可疑，以慧琳引作「祭也」觀之，是古本作「冠娶妻禮也。一曰：祭也。」

酋　卷八十三《玄奘傳》「酋長」注引《說文》：「從酉。水半見於上也。」
　　二徐本：「繹酒也。從酉。水半見於上。禮有大酋，掌酒官也。」
　　案：慧琳未引全文。